장편소설

초대받은 아이들

형경숙 장편소설

초대받은 아이들

신아출판사

■ 머리글

만경강을 들어서면 참새들이 먼저 지절대며 아침인사를 해온다. 헐벗은 겨울나무의 잔가지에 빼곡히 앉은 참새들의 앙증맞은 모습이 저리 귀여울 수가 없다.

무엇이 즐거워 이른 아침부터 한자리에 모여 저다지 지절댄다는 것일까. 어제까지의 근심과 걱정의 굴레에서 벗어나지 못한 나로서는 참새들의 자유분방함에 계슴츠레한 나머지 잠이 화들짝 달아나 버린다. 비로소 자유로워진 영혼이 된 것 같아 이다지 홀가분할 수가 없다.

이 홀가분함은 잠깐이겠지만 잠시나마 이 기분을 가져볼 수 있다는 게 얼마만한 행복인가.

요즘은 정치라는 걸 모르던 나 어린 시절과는 전혀 다른 세상이 되어버렸다. 그 시절은 먹을거리가 부족하기는 했지만, 남을 미워하거나 상대를 헐뜯는 따위의 사회적인 분위기가 아니었다.

그런데 지금은 나라 전체가 정치판으로 날이면 날마다 상대방 헐뜯기에 혈투가 벌어져있는 세상이 되어버렸다. 국민들은 정치판의 혐오스러운 막말 스트레스에 하루하루를 살아내기가 버거울 지경이 되어버렸다.

  곡간이라는 것이 없이도 저리 자유분방한 영혼들,
  참새들만도 못한 인간들 같으니라고!

  진흙탕으로 함몰되어가는 혐오스러운 정치판. 이 진흙싸움에서, 혐오스러운 정치판 분위기에서 회복되기를 바라는 간절함에서 진리나 심성을 운운하면 그게 세상 살아가는데 무슨 도움이 되느냐며 외면해 버린다. 세상이 그렇게 진흙탕으로 함몰되어버렸다. 그러니 처박혀진 진리나 심성 따위는 어느 구석에서 찾아질 것이던가.

  진흙탕 싸움의 세상이 되어버렸지만, 그러할지라도 인성이 회복되기를 바라는 간절함에서, 진리적인 흥미로움과 재미로운 판타지소설을 내놓게 되었다.

  책을 펴내준 신아출판사의 무궁한 발전을 기원한다.

               2024년 5월   일

                                      형 경 숙

■ 목차

현장학습 …… 9

하늘문 …… 57

11대조 할아버지 …… 66

유체이탈 …… 77

단종임금 …… 87

태호복희 …… 123

낙서의 우임금 …… 145

우주 1년 소강절 …… 160

안운산 우주 1년 …… 170

진표율사 …… 178

역대 조상님들 …… 185

복습 …… 192

동물 그리고 바위 …… 198

마고 …… 207

하늘음식 …… 221

이별 …… 228

귀환 …… 252

현장학습

　서당 골은 봄, 여름, 가을, 겨울의 절기에 따라 색과 모양이 달라지는 마을이다. 옹기종기 군락을 이룬 기와와 초가의 가옥들이 아름답고, 여인네 치마폭 같은 녹색 들녘을 흐뭇이 내려다보고 있는 전경이 그림처럼 아름답다. 아이들은 또 변화무상한 계절에 따른 놀이가 재미로워 나날이 즐거운 곳이기도 하다.
　"야~ 높다!"
　"그러게. 지리산만큼이나 높네?"
　"남원에도 이런 산이 있었나?"

방죽 둑으로 올라선 친구들이 저마다 탄성들을 질러댄다.

"저 높은 산이 바다였다고?"

"그러게?"

"바다였는지 아니었는지……?"

"그걸 확인하러 온 거잖아?"

"바다였으면 뭣하고 산이었으면 뭣하냐? 신나게 놀다 가면 그만이지."

"너 오랜만에 제대로 된 소리 한 번 해보는구나?"

"저게 그냥!"

학생들의 왁자지껄한 소리를 아는지 모르는지, 파란 하늘을 배경으로 선명하게 녹아든 진초록의 산이 잔잔한 물속 자신을 그윽이 내려다보고 있는 형상이다.

"난 성두가 왜 이곳으로 오자고 했는지를 알겠다."

"왜 오자고 한 건데?"

"그건 성두한테 물어봐!"

"저걸 그냥!"

"키 크고 싱겁지 않은 놈 없다 잖냐."

성두는 티격태격하는 친구들을 보는 것도 마냥 즐겁기만 하다.

성두에게는 이곳 고향 마을이 특별하지 않을 수가 없다. 고향만 생각하면 이곳에서 살지 못한 것이 한이 될 뿐이다. 자나 깨나 고향만을 생각하던 성두가 반 친구들을 이곳으로 데리고 오게 되었으니 그 기쁨이란 이루 말로 다 할 수가 없다.

이 서당 골 마을은 남원 시내로 이사하기 전까지 성두가 유년시절을 보낸 추억의 공간이다. 마을 앞동산에서는 연을 날렸고, 뒷산에서는 형들을 따라 산놀이를 했고, 산열매도 따먹었다. 골짜기에서는 가재잡기하다 지치면 널따란 바위에 누워 흘러가는 구름을 바라보며 공상의 나래를 펼치기도 했다.

개울이나 산 계곡에선 가재, 개구리, 미꾸라지, 고동 등을 잡았고 미역도 감았다. 벼가 누렇게 익은 논에서는 메뚜기를 잡았고, 그루터기만 남은 논에서는 우렁이도 잡았다. 논은 벼농사만 짓는 곳이 아닌 또 다른 풍요를 가져다주는 곳이기도 했다.

또 공터에서는 야구놀이, 축구놀이, 자치기, 땅따먹기 등의 놀이를 했고, 이 산 저 산 오르내리며 송이버섯, 표고버섯, 싸리버섯을 따고, 명감, 개암, 산딸기, 오디, 꾸지 같은 산열매들을 따먹는 등 도시에서는 상상도 할 수 없는 그야말로 지천으로 널려있는 것이 신바람 나고 재미 진 놀이들이었다. 직접 경험해보지 않고는 짐작할 수도 없는 비밀 아닌 비밀스런 재미들이 얼마나 많은지, 오리가 넘는 학교를 걸어 다니면서도 철에 따른 재미 진 놀이들로 등교 길이 지루하지가 않았었다.

그러다 도시라고 이사를 가고 보니, 풋풋하게 살아 숨 쉬는 생동감 넘치는 고향과는 다르게 아스팔트에서 뿜어져 나오는 열기와 대단위 아파트 단지와 빌딩 숲에 막혀 숨이 턱턱 막힐 지경이었다. 생지옥도 그런 생지옥이 없었다. 어디 그 뿐인가. 조상대대로 이어져 온 삶의 터전에서 튕겨 나온 상실감 또한 이루 말로 다할 수가 없었다. 그런데 어머니가 이사 나오자마자 한 것이 교회에 나가면서 제사를 팽개친 일이었다.

그건 성두에게 자손의 도리를 저버리는 무거운 멍에였다. 제사라는 행사가 조상과 자손의 관계가 얼마나 밀접한 지, 또 제사를 지내고 나서 먹는 음식이 얼마나 맛있고 먹음으로서 얼마나 행복감을 느꼈는지 어머니는 그걸 모르는 것 같았다.

현실적인 상황으로 고향을 떠날 수밖에 없었다고 해도 성두의 마음은 고향으로부터 떠날 수가 없는 것이었다.

그러다 생각해낸 것이 해조류 껍질이었다. 이곳은 바다에 있어야 할 조개껍질들이 저 높은 산에 묻혀있었다. 이 고장에서 유일하게 이곳 산에만 묻혀있었다. 칡뿌리를 캘 때, 더덕을 캘 때 나오는 것이 조개껍질들이었다. 어떤 곳에서는 무더기로 나오기도 했다. 산이 높은데 해조류 껍질들이 들어있다, 어떻게 그럴 수가 있는 것인가. 성두로서는 신비롭고 불가사의한 일이 아닐 수가 없었다. 그러던 어느 날 성두는 동네 할머니로부터 그것에 대한 내력을 들을 수 있었다.

"할머니, 저 뒷산에서 나오는 조개껍질들은 뭐예요?"

"왜 그게 궁금하냐?"

준수 할머니는 제법이라는 듯 흐뭇한 미소를 지어보이며 물었다.

준수 할머니는 마을 사람들 가운데 오래 된 일까지도 많이 아는 사람 중의 한 분이셨다.

"조개는 바다에서 나는 거잖아요."

"그렇지. 그런데 너 말고 산에서 조개껍질이 나는 걸 물어보는 애들이 없고, 어른들도 없더라. 그런데 넌 그게 궁금하더냐?"

"그래요 많이 궁금해요. 조개껍질들이 어떻게 산에 묻히게 된 것인지 이상하잖아요?"

"기특한지고. 그래 너는 어려서부터 다른 애들과 다르긴 했지."

"알고 싶어요. 알려 주세요."

성두는 자신에 대한 칭찬보다도 조개껍질에 대한 궁금증이 더 컸다.

"그래, 오래 전에 저 산은 바다였던 거지."

"저렇게 높은 산이요?"

"그렇단다."

현장학습 13

"그렇다면 이 마을은 요?"

"이 마을도 그랬겠지."

"헐~!"

성두는 할머니의 그 말에 놀라움을 금치 못했다.

저 높은 산이 바다였다니! 저렇게 높은 산이……! 믿을 수 없는 일이었다. 이해가 되지도 않았다.

그 할머니는 또 산이 바다가 된 곳도 있다고 했다. 산이 바다가 되고, 바다가 산이 된다, 무엇이 산과 바다를 뒤집어놓는단 말인가. 할머니 말씀으로는 개벽으로 그리 되었다고 했다.

'개벽으로 바다가 산이 되고 산이 바다가 된다?'

그 이후 성두는 개벽이라는 것이 굉장한 두려움이라는 생각을 지울 수가 없었다.

그럼에도 불구하고 유년시절은 즐거웠고, 그로 인한 추억은 아름답기만 했다. 고향에 대한 건 밀물과 썰물 같은 것이어서 자나 깨나 앉으나 서나 오직 고향에 대한 생각뿐이었다.

그런 성두가 고향을 떠나야 했으니…… 떠났다 해도 자주 올 수만 있어도 문제가 되지는 않았을 것이다.

"엄마 이사 안 가고 여기서 학교 다니면 안 돼요?"

"안 돼!"

엄마는 한마디로 잘라버렸다.

"왜 안 되는데요?"

"이 시골구석에서 뭘 할 수가 있어?"

"공부를 안 하겠다는 게 아니잖아요? 열심히 하면 되잖아요."

"잘도 하겠다. 왔다갔다 시간이 어디 있어?"

"공부시간에 열심히 할게요."

"이것아, 학교 공부만 가지고 되는 줄 알아?"

"학교 공부 열심히 하면 되지 왜 안 된다는 거예요?"

"이게 생각이 있는 애야, 없는 애야? 이것아, 학교 공부만 가지고는 고등학교. 대학교를 못 간단 말야!"

"그래도 난 여기가 좋단 말이에요."

"이걸 어떻게 해야 돼?"

"여기서 열심히 할게요."

"시골구석에서 열심히 해봤자지!"

"정말이에요. 약속할게요."

"이 녀석이 정말! 안 된다면 안 되는 줄 알아!!"

엄마가 단칼에 잘라버렸다.

공부타령만 하는 어머니와, 공부보다는 고향에 대한 마음뿐인 성두와는 이런 식으로 늘 마찰이 빚어졌다.

방학을 앞두고도 그랬다. 방학 동안만이라도 고향으로 오고 싶은 성두와, 실력이 달린 영어공부를 보충해야 한다는 어머니와 실랑이를 벌이고 있었다. 여름방학이 되려면 몇 달이 남았지만 어머니는 벌서부터 이 학원, 저 학원을 물색하고 있는 것이었다.

성두는 어머니의 성화로 이 학원 저 학원을 전전하느라 이십여 리 밖에 되지 않은 고향을 와볼 짬이 없었다. 여름방학이 될 때까지 기다리자니 숨통이 막힐 지경이었다. 그때까지 기다릴 수가 없었던 성두가 생각해낸 것이 해조류껍질이었다.

수업에 현장학습이라는 게 있다. 그걸 염두에 둔 성두가 반 친구들한테 해조류가 나오는 산에 대한 얘기를 들려주었다. 호기심을 불어넣어주기 위해 조개껍질이라고 하지 않고 해조류라고 했다.

성두의 그 의도가 적중했던지, 산에서 나는 해조류에 대한 반 친구들의 반응은 가히 폭발적이었다. 거기다 물이 흘러내리는 골짜기에는 가재가 있고, 논에는 메뚜기가 있고, 산에는 송이버섯이 있다고도 했다. 반신반의하면서도 호기심이 많은 친구들은 삼삼오로 모이기만 하면 산에서 나는 해조류의 얘기로 시간 가는 줄을 몰라 했다. 아이들이란 놀이라면 사족을 못 쓰는 존재들인 것 같았다. 호기심에 불이 붙여진 반 친구들은 급기야 담임 선생님한테 생태학습을 현장실습으로 해달라고 졸라댔고, 담임인 소 선생님은 학생들의 성화에 못 이겨 생태실습을 현장학습으로 허락해주게 되었다.

성두에게 있어 이곳 마을은 세상에서 가장 정겹고도 아름다운 곳이었다. 또 이 마을 사람들이 함께 올리는 천제, 시제는 최대의 축제였고, 조상님을 생각하는 효의 기간이기도 했다. 이렇듯 정겹기 이를 데 없는 고향으로 선생님과 반 친구들을 단체로 데려오게 되었으니 성두로서는 깨춤이라도 추고 싶은 심정인 것이다.

"저렇게 높은 산에 해조류가 들어있다고?"

"해조류가 아니고 해조류껍질."

"해조류는 살아있는 거고, 껍질은 죽은 건데 어떻게 그게 해조류냐?"

"그래, 너 잘났다 짜식아."

친구들은 이곳으로 와서도 여전히 산에서 나는 해조류껍질에 대해 티격태격 이다.

"성두 너 거짓부렁 했단 봐라. 팔십여 개의 주먹이 가만 두지 않을 거니까."

"야, 금방 들통 날 일 거짓부렁 했겠냐?"

석현의 말처럼 39명이니까 78개의 주먹이 된다. 하지만 성두는 반 친구가 종주 먹을 들이댄다고 해도 상관이 없다.

"언제까지 노닥거리며 시간을 보낼 건데?"

그때 연희가 나선다.

"가재부터 잡자~!"

태식이 외치고 나선다. 통통한 몸집으로 산에 올라갈 일이 걱정스러운 모양이다.

"그럼 넌 가재나 잡고 있어."

"나 혼자?"

"따라올 수 없으면 그래야 되지 않겠냐?"

"저게 그냥~!"

성두는 친구들의 다툼도 정겹기만 하다.

"자, 잠깐."

담임인 소 선생님이 나선다.

"중요한 건 조개껍질 채취든, 가재잡기든, 버섯 따기든 오늘의 일은 생태 실습을 나왔다는 사실이다. 그것까지 까먹지는 마라. 그러니 우선순위라는 것은 없고 무엇을 먼저 하든 다수결로 정해서 하도록. 반장이 진행한다."

먼저 산을 탈 줄 알았던 학생들은 소 선생님의 느닷없는 제안에 어안이 벙벙해진 모양이다. 그러면서도 담임 선생님의 뜻을 이내 알아차린다.

"좋습니다~!!"

선생님의 의도를 알아차린 한 친구가 큰소리로 외친다.

소 선생님은 학교에서도 결정사항에 있어 다수결로 정하는 것을 원칙으로 한다. 그래야만 모두가 결과에 승복한다는 것이 선생님의 지론이다. 이런 다수결 원칙으로 성두네 반은 선생님에 대해 불만을 가진 학생은 없다. 그리하여 담임 선생님은 무슨 일에 있어서도 공정하다는 인식이 되어있는 것이다. 그러니 만치 의견이 많은 오늘의 일에 있어서도 다수결로 정하는 것에 이견을 보인 학생은 없다.

"한 가지 주의사항이 있다. 산에서 해조류껍질을 채취하는 과정에서 흙을 파게 되는데, 해조류껍질을 캐고 나면 흙을 메우고 밟아준다. 가재 잡는 것도 마찬가지다. 가재가 돌 속에 들어 있어서 돌들을 들추게 되는데, 가재를 잡고 나면 돌들도 원위치로 복귀시켜 놓는다. 알겠나?"

"예 알겠습니다~!!"

반 친구들이 산이 떠나가라 소리를 질러댄다.

"그럼 반장인 연희가 나서서 진행하도록."

소 선생님의 지시를 받은 연희가 앞으로 나선다.

"3학년 삼반! 인원파악부터 하겠습니다."

앞에서부터 반 친구들이 1, 2, 3의 구령을 붙여나간다.

"모두 삼십 구명입니다."

"그럼 지금부터 산에서 해조류부터 채취할 것이냐, 가재부터 잡을 것이냐, 버섯부터 딸 것이냐의 순위를 놓고 거수로 할 것을 제안합니다. 반대 의견 없습니까?"

연희의 제안에 반대의견을 보이는 학생이 없다.

그리하여 해조류, 가재, 버섯 등 세 안을 놓고 손을 들기로 한다. 그런데 막상 해조류에 호기심이 불붙었던 학생들이 가재 쪽으로 선택을 해버리는 이변이 벌어졌다.

"성두 너 솔직히 말해봐. 산에서 조개껍질 난다는 건 순전히 뻥이고, 가재가 잡고 싶었던 거지?"

의외의 결과가 나오자 가재잡기에 손을 든 성두를 동수가 성토하고 나선다.

'그래 인마. 나는 실컷 캐봤거든. 그리고 우리가 무슨 지질탐사대냐? 게다가 가지고 놀 수 있는 장난감이라면 모를까 산에서 나온 조개껍질 따위로 뭘 할 건데? 그러니 너희들에게는 집게발로 버둥대는 가재를 가지고 노는 것이 훨씬 재미 질 일이다. 그 재미에 푹 빠져보란 말이다. 알겠냐?.'

그러나 성두는 정곡을 찌르는 친구의 말에 빙긋이 웃기만 한다.

"산에서 조개껍질 어쩌고 충동질 할 때부터 알아봤어야 하는 건데……."

산 정상을 먼저 가고 싶어 했던 영식이도 가재잡기 쪽으로 손을 든 성두의 돌변에 배신감이 느껴진 모양이다.

"너희들, 성두를 원망하는 것으로 보아 오늘의 일이 후회가 되는 모양이구나? 그럼 그냥 철수할까?"

"예~?!"

소 선생님의 느닷없는 제안에 학생들이 질 겁들을 한다.

"톡 까놓고 말해서, 죽은 해조류껍질보다 가재 잡고 버섯 따는 게 훨씬 실속 있지 않냐?"

"이제야 실속 있는 소리 하는 놈이 나오는구나. 알았으면 열심히 잡아 봐."

"그게 좋겠습니다~"

학생들이 기어들어가는 소리로 꼬리를 내린다.

"그럼 출발이다!"

"와~!"

연희의 선창에 일제히 함성들이 터져 나온다.

"이곳은 내가 잘 아니까 내가 안내를 한다. 날 따라와."

성두가 앞장을 선다.

가재가 나오는 골짜기로 들어서자면 방죽을 반 바퀴, 그러니까 500m정도는 돌아야 한다. 반 친구들과 선생님까지 이끌고 앞장서 나아가는 성두는 자신이 마치 대장이라도 된 것 같은 기분이 든다. 어려서는 동네 형들의 꽁무니를 쫓아다녔고, 커서는 자신을 따라다니는 꼬마들에게 형이 되어주었다. 그런데 오늘 이처럼 반 친구들을 앞장서서 이끌고 보니 그 때의 일이 어제인 듯 감회가 새롭다.

"개울이다, 개울~."

따가운 햇살 속을 힘들게 걸어들어 온 반 친구들이 골짜기로 뛰어 내려간다.

"이게 개울이냐. 골짜기지."

"개울하고 골짜기는 엄연히 다르지. 공부 좀 해라. 공부!"

친구들은 골짜기를 가지고도 왈가왈부 떠들어댄다.

"조용조용. 시끄러우면 가재들이 숨어버리거든."

반 친구들의 떠들어대는 소리에 소 선생님이 주의를 준다.

이곳 골짜기는 폭이 7~8m 정도가 된다. 장마가 지거나 소나기가 내리면 급물살을 일으키며 떠내려간다. 그 때문에 어른들은 장마가 지거나 소나기가 내리면 동네 아이들이 이곳을 접근하지 못하도록 물귀신 이야기를 들려준다. 어른들의 이야기엔 물귀신이 꼭 비가 많이 오는 날에만 등장했다. 어른들은 여느 때 아이들이 귀신이 무서워 놀지 못하게 될까봐 비가 많이 오는 날 만이라는 단서를 붙였던 모양이다. 그래서였는가. 아이들은 비가 오지 않은 날은 물귀신에 대한 생각은 까마득히 잊어버리고 노는 데만 열심이었다.

"야, 이 물소리! 잠자는 백설 공주가 벌떡 일어날 것 같지 않냐?"

"인어공주라면 몰라도 백설 공주가 왜 여기에서 등장하냐? 그 쓸데없는 소리 집어치고 가재잡기나 하셔들."

골짜기로 들어선 친구들은 이내 자연 속에 동화돼버린 모습들이다. 자연과 인간, 인간과 자연. 가재를 잡는 것만으로도 자연과 하나 된 모습들인 것이다. 성두가 원하는 삶이 바로 이런 것이었다.

성두는 친구들에게 점심으로 싸온 도시락과 운동화와 양말을 벗어서 바위 위에 올려놓도록 한다.

"가재야 ~가재야 ~꼭 ~꼭 ~숨어라."

"너 지금 재 뿌리냐?"

물로 첨벙첨벙 뛰어들면서 뽑아내는 찬수의 흥얼거림에 영식이 핀잔하고 나선다.

"가재들로선 오늘이 제삿날 아니겠냐?"

"그래서 넌, 안 잡겠다고?"

"그렇다는 거지……."

"저거, 저거!"

"참아라, 참아. 참는 자에게 복이 있느니라."

태식이가 제법 어른스러운 말을 하고 나선다.

"그냥 잡을 것이 아니라 내기를 거는 게 어떻겠냐?"

골짜기로 들어선 담임인 소 선생님이 제안을 하고 나선다.

"어떻게요?"

"일등 한 사람에게 한 마리씩 몰아주기."

"이 등 삼 등은 요?"

"이 등이나 삼 등은 없고."

"그럼 일 등한 사람만 엄청 많아지겠네요?"

"그러니까 내기인 거지."

"……."

"음……."

"그래도 좋아요!"

소 선생님의 제안을 곰곰이 생각해보던 반 친구들이 찬성하고 나선다.

"그럼 지금부터 시작이다."

"잡은 건 여기에다 담고."

물로 첨벙첨벙 뛰어드는 반 친구들에게 성두가 채취용으로 준비해 온 흰색 투명한 비닐봉투를 한 장씩 나누어준다.

내기에 발동이 걸린 반 친구들이 정신없이 돌들을 들추어나기 시작한다. 이 돌 저 돌 들추어나가는 행동들은, 책상 앞에 죽치고 앉아 공부만 하던 모습과는 생판 다른 모습들이다. 속박에서 벗어난 활기찬 저 모습들, 어떻게 자제들을 하고 있었다는 것인지. 성두는 천진난만해진 친구들을 보면서 그동안 억눌린 감정들을 분출시킬 기회를 주었다는 것에 자부심이 인다.

"선생님이 먼저 잡으셨다~!"

누군가의 외침에 학생들이 선생님 주위로 몰려든다. 제법 큰 가재가 선생님의 엄지와 검지 사이에서 허공을 향해 발버둥질 쳐댄다.

"선생님도 어려서 가재 잡아보셨어요?"

"가재만 잡았냐? 미꾸라지, 우렁이도 잡았지. 오염이 안 된 그때가 참 좋았다."

"여기도 오염은 안 되었을 것 같은데요?"

"그래, 이곳도 청정지역이로구나. 오늘 좋은 곳에서 좋은 체험하게 되었구나."

"선생님, 선생님도 가재잡기 내기에 참여하실 건가요?"

"날 못 당해낼 텐데?"

"저희는 몰라도 성두한텐 선생님이 못 당해내실 것 같은데요?"

"그럼 성두하고 내가 해버리면 너희들 재미있을까?"

"자신은 있으시고요?"

"그렇다면 실력발휘 해보지 뭐."

"아, 아서 세요, 아서 세요!"

친구들이 손사래들을 쳐댄다.

"에끼! 고얀 놈들 같으니라고!"

"무서워요, 무서워요, 선생님이 무서워요."

준우가 웃음 띤 얼굴로 엄살을 부리자 반 친구들이 폭소를 터트린다.

"선생님. 잡으신 건 여기다 넣으세요."

성두가 담임인 소 선생님한테 비닐봉투를 건네고, 선생님도 부지런히 돌을 들추어 나간다. 반 친구들도 뒤질세라 돌들을 마구 들추어 나가는데, 골짜기는 돌들을 들추어대는 소리들로 일대 소란이 벌어진다. 참으로 천진무구한 모습들이다.

모두에게 비닐봉투를 나누어 준 성두는 가재잡기 내기와는 상관없이 물속을 들여다보고 있는 연희에게로 다가간다.

"가재는 안 잡고 뭐 해?"

"물이 어쩜 이렇게 맑지? 거울이야 거울."

"그래서, 네 얼굴 들여다보고 있는 중이니?"

"그래. 이 거울 속 내가 더 예뻐 보이잖아."

"그러니까 가재가 사는 거야. 가재는 일급수에서만 살거든."

"거 참! 깨끗한 놈들이네?"

"그렇지. 내기하려면 너도 잡아야지. 저기 비밀장소가 있는데 그리로 가볼래?"

"비밀장소?"

연희의 눈이 둥그레지면서 뜨악한 표정으로 성두를 올려다본다.

"그래. 내 아지트이면서 가재가 많은 곳."

"너의 아지트?"

"응. 나만의 아지트."

"그런 데가 있어?"

"그래."

성두는 자신이 즐겨 찾았고, 곧잘 사색에 잠기곤 하던 널따란 바위에 앉아 연희와 단둘이 얘기도 하면서 오붓한 시간을 가져보고 싶은 것이다.

연희는 남학생을, 그것도 열 표 차로 누르고 반장이 된 여반장이다. 얼굴도 예쁘지만 공부는 더 잘한다. 야무지면서 너그럽고, 이해심도 많다. 배포도 크다. 거기다 잘난 체하지도 않는다. 그 때문에 반 친구들 모두가 그녀를 좋아한다. 성두도 그런 연희이가 좋다. 하지만 학교에서는 단둘이 얘기해 볼 기회가 좀처럼 주어지질 않았다.

"가재가 많아?"

"많은 정도가 아니지."

"얼마나 많은데?"

"하늘만큼, 땅만큼."

성두가 두 팔을 올려 원을 그린다.

"그래? 그렇다면……."

연희가 벌떡 일어선다.

"손 잡아. 올라가기가 쉽지 않거든."

성두가 손을 내민다.

"이런데 와 봤어?"

"아니, 처음이야. 우리 집은 할아버지 할머니가 계셔서 야외로 놀러간다거나 하는 건 별로 못해. 주로 집에서 보내는 편이지."

"따분하겠다."

"그래도 따분하다는 생각은 안 들어. 나름대로 방법을 터득했거든. 우리 할아버지가 서예를 하시면 나는 공부를 하거나 책을 읽고, 아빠는 퇴직을 대비해 자격증 따기 위한 공부를 하시고, 할머니와 엄마는 특식을 만드시고. 대체로 그렇게 보내."

"그러니? 그런 대로 실속은 있어 보이네? 그런데 난 도시가 너무 따분하고 싫어. 자 봐 봐. 얼마나 좋은 곳이냐? 하루에도 열두 번 오고 싶은 곳이야. 그런데도 오지를 못해서 불만인 거지."

"와서 보니까 알겠다. 아름다운 들녘, 아름다운 마을, 맑은 물, 맑은 공기, 나라도 그럴 것 같다."

성두는 연희가 자신의 마음을 알아주는 것에 그 동안 막혔던 속이 뻥 뚫리는 기분이다.

"문제는 학교 때문이지. 이곳은 버스가 하루에 4번 정도밖에 안 다녀. 그 때문에 버스를 한번 놓치면 한 시간 가량은 기다려야 되고, 신작로까지 가는데도 삼십분 가량이나 걸리거든. 그 때문에 이곳에서 중학교를 다닌다는 게 쉽지가 않아. 그래도 난 이곳에서 다닐 수만 있다면 그런 것쯤은 감내할 수가 있어. 이곳에서 다니게만 해준다면 말야. 우리 아버지도 남원 농협에 다니시는데 그때까지 버스를 타고 다니셨으니까. 그런데 문제는 내가 남원중학교에 입학을 하면서 우리 어머니가 이곳에서는 절대로 통학할 수가 없다고 우기는 거야. 결국 어머니가 고집을 내세워서 이사를 해버리고 말았지."

"어머니들은 그래. 남편보다는 자식에 대한 마음이 더 큰 것 같아. 모성보호본능이겠지. 거기다 자식이 하나밖에 없으니까 더 그러셨을 테고."

"지금 세상에 아들이라는 게 무슨 의미가 있어?"

"부모님한테는 아직까지도 아들이 우선이야."

"너희 부모님도 그래?"

"당연하지."

"그러면서도 정작 자식이 뭘 원하는지는 알려고 들지를 않아. 그래 이사 가는 날 일을 벌였지."

"어떻게?"

"안 따라가고 혼자 살겠다고."

"혼자 어떻게?"

"집은 있잖아? 또 농사짓던 논과 밭은 동네사람한테 도지로 주었거든. 그러니 양식 걱정할 일 없을 테고."

"그래서 어떻게 했는데?"

"이삿짐을 꾸리느라 정신이 없는 사이에 몰래 집을 빠져나와 버렸어. 그런데 아버지 어머니가 내가 없어진 걸 알았지 뭐야. 나는 이사를 갔으려니 생각하고 밤이 되기를 기다렸다가 돌아왔던 거야. 그런데 이사를 가지 않고 그때까지 기다린 부모님한테 붙들리고 말았지."

"너도 참! 그럴 정도로 이곳이 좋단 말야?"

"두말하면 잔소리지. 나는 이곳을 벗어나는 게 싫어. 이곳을 벗어나면 안 될 것만 같은 완강함 같은 게 있어. 왜 그리 완강해야 하는지 설명할 수는 없지만."

고향에 대한 정 때문인가 하면, 고향을 떠난 다른 사람들은 그럼 고향에 대한 정이 없는가? 그건 아닐 거 아냐? 그렇다면,

어머니가 꾸었다는 태몽 때문인가? 그것도 모르겠어."

"고향에 대한 정이 남달라서겠지."

"아무튼 나는 내게 책무가 주어진…… 뭔가 그런 게 있는 것 같은 마음이야. 말로는 설명이 안 되는……."

"에그~ 뭐가 그리 복잡하냐?"

"그러게, 나도 알 수가 없어."

"방법은 딱 한 가지야!"

연희가 무슨 묘수가 있다는 투로 말한다.

"그게 뭔데?"

성두가 솔깃해서 물어본다.

"어머니 말씀 잘 듣고, 공부 열심히 하는 거야. 아직 어리잖아. 네가 바라는 대로 하기엔. 어른이 되어야만 네가 원하는 대로 할 수 있는 거잖아? 지금은 열심히 공부하면서 어른으로 성장하는 것, 그 외에 달리 방법이란 없어."

"이그 난 또 뭐라고……."

혹시나 하고 기대했던 성두는 실망감에 맥이 풀리고 만다. 연희의 말이 틀린 건 아니지만 그때까지 얼마나 많은 세월을 기다려야 하는 지……. 까마득하지 않은가.

"어, 저거 가재 아냐?"

성두가 실망스러워하고 있는 사이에 몸집이 큰 가재 한 마리가 돌 밑으로 기어들어가고 있다. 그걸 본 연희가 소리를 지른다.

성두는 언제 실망감에 사로잡혔더냐 싶게 반사적인 동작으로 물속으로 뛰어들어 돌을 들춘다. 돌 밑은 가재들이 우글대고 있다. 성두가 말했던 가재들의 아지트인 것이다.

"이거 봐."

"에구~ 징그러워. 저것들이 정말 가재란 말야?"

연희가 우글대는 가재들을 보며 얼굴을 찌푸린다.

"가재 처음 봐?"

"책에서야 봤지. 그렇지만 실제로 보는 건 처음이야. 더구나 저렇게 많은 건······."

"이제야 가재를 보다니, 나는 그게 더 신기하다! 봉투 벌려. 오늘 가재 실컷 보여줄 거니까."

성두는 언제 우울했더냐 싶게 연희가 벌린 봉투에다 잡은 가재들을 신나게 집어넣는다.

"한 마리, 두 마리, 세 마리, 네 마리······."

"가재 잡는 솜씨가 보통이 아니네?"

가재의 등을 집어 쉽게 잡아내는 성두를 연희가 경이롭게 바라본다.

"이것도 다 요령이 있어."

성두의 엄지와 검지에 잡힌 가재는 허공에서 연신 발버둥질을 해댄다.

"그런데 이렇게 많이 잡아도 돼? 너무 싹쓰리 해버리는 거 아냐?"

"좀 솎아내야 해. 숫자를 조절해줄 필요가 있거든."

"고양이 쥐 생각하는 것 같다?"

"생태계의 법칙이야."

"법칙이고 뭐고 난 무섭다. 이제 그만 잡자."

연희는 계속해서 비닐 속으로 들어가는 가재들이 무서우면서도 불쌍하다는 생각이 드는 모양이다.

"그럼 몇 마리 잡았는지 세어볼까?"

"저렇게 엉켜있는 걸 센다고?"

연희가 한 덩어리로 꿈틀대는 가재들을 보며 기겁을 한다.

연희에게 무서운 가재가 성두에게는 그 무엇보다도 재미있는 장난감이다. 비닐봉지에 옮겨 넣으면서 숫자를 세는 것에도 신바람이 묻어있다.

하나, 둘, 셋, 넷 다섯…… 큰 것으로 스물한 마리. 얼마 만에 맛보는 생동감인가. 성두로서는 무엇보다 연희와 함께 한다는 자체가 즐거운 것이다.

"성두야, 이 정도면 우리가 일등 하겠다. 쟤들 좀 봐. 바위를 들추고 들춰도 나오지 않나 봐."

연희가 정신없이 돌을 들추어대는 아래 쪽 친구들을 보며 즐거운 표정을 짓는다.

"약 올려 줄까?"

"까무러치겠지?"

"그래, 까무러치게 만드는 거야."

"이렇게 많이 잡힐 줄 알았으면 나도 내기에 들 걸."

"지금이라도 늦지 않았어."

"야, 그럼 심사는 누가 보냐? 그렇지만 성두 너는 돼."

"아니야 나도 그렇지. 내가 오자고 해놓고 내가 일등 해버리면 배신 때린다며 날 죽이려 들 걸?"

"그도 그렇겠다,"

내기는 무슨? 더 많은 가재를 잡아 연희를 즐겁게 해주면 되는 거지. 성두는 더 많은 가재를 잡기 위해 위로 올라가면서 연희를 위해 가장자리의 갯버들 가지를 제치고, 연희는 성두가 제치는 버들가지를 조심조심 피해 올라간다.

"성두야, 이거 조개껍질 아니니?"

앞서가던 연희가 물속에 가라앉은 조개껍질들을 가리킨다.

"그래. 내가 말한 바로 그 조개껍질이야."

"그런데 난 무섭다."

"뭐가?"

"이곳이 금방 무너져 바다가 돼버릴 것 같아서."

"그런 게 어딨어? 그런 일이 그렇게 쉽게 일어 나냐? 그렇게 안 봤는데 이제 보니 겁쟁이로구나?"

성두는 연희의 태도에 후후 웃음이 나온다.

연희는 생각이 깊고 침착하다. 지금까지 본 바로는 그랬다. 그런데 보니 연희도 어쩔 수 없는 여자라는 생각이 든다. 성두는 이곳이 바다였다고는 하지만 다시금 가라앉아 바다가 되리라는 생각을 해보지는 않았다.

"이곳이 바다였다면? 바다가 산이 됐는데 산이 바다 못 되겠냐고?"

"걱정 붙들어 매. 너 죽을 때까지 그런 일은 일어나지 않을 테니까."

"네가 그걸 어떻게 아는데?"

"당연히 모르지. 하지만 그런 일이 아무런 조짐도 없이 그렇게 쉽게 일어나겠냐? 그러니까 공연히 일어나지도 않을 일 가지고 걱정할 것 게 아니라 가재나 잡자고. 내기에 들진 않았지만 일등 한 사람 코를 납작하게 해줄 수는 있어."

연희가 입을 비죽이지만 성두는 상관하지 않고 더 깊은 물속으로 발을 들여놓는다. 그런데 어디선가 도란도란 얘기소리가 들린다.

"형님, 형님과 제가 하직할 날이 머지않았습니다."

"그렇게 되는구먼."

"5천 5백 년 전 형님은 아직 세월이 창창하고, 4천 2백 년 전인 제가 먼저 떠나게 되었네요."

"그것이 우리가 맡은 소임 아닌가. 우리는 우리가 맡은 소임에만 충실하면 되네. 우리에게 맡겨진 소임을 해냄으로서만 천명을 다하는 것이니까."

"어디 그걸 몰라 이럽니까?"

"알지. 허나 또 만나지 않나. 그리고 데리고 갔다가 데리고 와야 되는 일도 남았고. 생각이 너무 앞서는구먼."

"자, 잠깐. 인기척이 있습니다."

"왔구먼."

"그렇죠? 차질이란 있을 수가 없죠."

"……?"

"…… 쉿!"

웬 소리에 숨죽이고 있던 성두가 놀라워하는 연희 입술에 손가락을 갖다 댄다.

"모습을 드러내야 되지 않겠습니까?"

"놀랄 것이야."

"그렇다고 언제까지 기다릴 수는 없잖습니까?"

"그렇기는 하지……."

이상한 말들이 왠지 자신들을 두고 한 말인 것 같아 성두는 머리끝이 쭈뼛 선다. 연희도 두려운지 얼굴이 새하얘진다. 도대체 어디서 나는 소리이며 정체가 뭐란 말인가. 무슨 일 당하기 전에 이곳을 벗어나가야 될 것만 같다.

"어서!"

성두가 겁에 질려있는 연희의 손목을 잡아끈다.

"기다리고 있었다오."

뛰어내려오려는 순간에 두 남자가 홀연히 모습을 드러낸다. 연희는 귀신을 본 듯이 성두의 가슴에 얼굴을 묻고, 성두도 연희를 잽싸게 끌어안는다. 얼마나 놀랐는지 연희의 가슴이 쿵쾅쿵쾅 성두의 가슴까지 방망이질을 해댄다.

"우, 우리를 기다리고 있었다니, 그 그게 무슨 소리요?"

성두가 부들부들 떨리는 가슴으로 묻는다.

"놀랄 것 없소. 해코지하러 온 게 아니니까."

성두가 엉겁결에 내뱉는 말에 한 남자가 부드러운 말로 안심을 시킨다. 남자의 부드러운 말씨에도 불구하고 성두와 연희는 한번 저려든 오금이 펴지지를 않는다. 그도 그럴 것이 두 남자의 옷차림이 사극에서 보던 아주 오랜 옛날 복장들 아닌가.

"어서 대령시키시지요."

"그러지."

그들의 말이 떨어지기가 무섭게 돌연 흰색의 마차가 모습을 드러낸다. 그와 함께 갈기를 기다랗게 늘어뜨린 흰색의 말도 모습을 드러낸다. 또 골짜기는 어느 사이 큰 대로로 변해 있고, 길 가장자리는 각종 나무들로 끝이 없이 이어져 있다.

"연희야 저기 나무들 좀 봐."

성두가 자신의 몸에 매미처럼 달라붙은 연희의 귀에 대고 속삭인다.

"난 너무 무서워."

"우리한테 해코지할 것 같지는 않아."

성두가 귀에 대고 속삭여주자 사시나무 떨듯하던 연희가 눈을 껌벅거리며 천천히 머리를 들어올린다.

"뭐야!"

연희가 화등잔 같은 눈으로 외마디 소리를 지르다 다시금 성두의 가슴에 얼굴을 묻어버린다.

"걱정 말고 마차에 타소. 모두들 기다리십니다."

연희의 놀라움에는 아랑곳없이 남자가 마차를 가리킨다.

성두는 영화촬영도 아니고 현실적으로는 도무지 있을 수가 없는, 받아들일 수가 없는 해괴한 현상에 헛것을 보고 있거나,

꿈을 꾸고 있는 것만 같아 어리벙벙할 따름이다.

그런데 이상하다. 조금 전까지 겁을 먹어 떨리던 가슴이 눈 녹듯 풀리면서 마음이 지극히 평화로운 상태가 되어 있다는 게. 표정이 편안해 보이는 것으로 보아 연희도 그래 보인다.

"어때?"

연희의 마음상태가 어떤지 묻는 건데 아무렇지도 않다는 듯이 미소까지 지어 보인다.

그럼에도 성두는 가재 잡자며 위로 데리고 오지만 않았어도 이런 일은 당하지 않았을 텐데 싶어 너무나도 미안한 마음이 든다. 그 때문에 성두는 어떠한 일이 닥치더라도 연희를 지켜 주리라 마음먹는다.

"어서 타요."

"우리가 왜 이걸 타야 되는데요?"

이제 좀 정신이 드는가. 남자의 재촉에 연희가 당차게 따지고 든다.

"모셔가려고 왔으니까요."

"왜요?"

"저희는 분부를 받고 왔습니다.

"누구로부터요?"

"가보시면 압니다."

현장학습 39

"어디로 가요?"

"그것도 가보면 알게 됩니다."

"덮어놓고 가자니, 그런 말이 어디 있어요? 우리가 무슨 죄인이에요?"

"죄인을 모셔간다고 하지는 않지요."

"그렇더라도 덮어놓고 따라갈 수는 없죠."

"가셔야만 되는 일이 있습니다."

"그 일이라는 게 도대체 뭔데, 알지도 못하면서 덮어놓고 따라 가야 되냐고요?"

"그래요. 가셔야만 하고, 가시면 알게 됩니다."

연희는 따져 묻고, 남자는 아예 강제적인데, 대체 이런 경우가 어디 있나. 그런데도 남자의 말에 거부감이 일지 않고 자연스럽게만 들리니 이게 무슨 일이란 말인가.

"지체할 일이 아니에요."

두 남자가 먼저 마차에 오른다. 네 사람이 탈 수 있는 네모난 흰색마차는 약간의 무늬만 들어있는, 단조로우면서 정갈하다.

"어떻게 좀 해봐!"

연희가 안절부절 어찌할 바를 몰라 성두를 잡고 흔들어댄다.

"까짓것 타보는 거야. 죽기 밖에 더하겠어?"

"얘 말하는 것 좀 봐. 아주 배짱이네! 인생이 무슨 장난인줄 알아? 그러다 무슨 일 있으면 그땐 어쩔 건데? 네가 책임 질 거야?"

"지라면 져야지 뭐."

성두의 입에서는 자신도 의식하지 않은 말이 튀어나와 버린다. 까짓것 나도 모르겠다. 이판사판 뱃장이다. 그러나 당연히 책임은 져야겠지.

성두가 연희에게 자신감 있는 태도로 머리를 끄덕인다. 성두의 그 태도에 안심이 됐는지 연희가 얼떨떨해하면서도 마차에 오른다. 뒤이어 성두도 올라탄다. 의자가 없는 마차 안에서 성두와 연희는 각각 두 남자의 뒤로 선다.

마차가 서서히 움직이기 시작한다. 말이 달려 나가는데도 소리나 흔들림이 없이 스르르 미끄러져 간다. 성두는 다양한 나무들이 늘어선 속으로 들어선 것에 기분까지 황홀해진다. 연희를 돌아본다. 그런데 연희는 한술을 더 떠서 감미롭다는 표정까지 짓는다.

"드디어 사람이 하늘로 오르게 되는구먼."

"내 때에 이런 광경을 보게 되다니!"

"어?"

성두는 어디서 나는 소리인가 싶어 주변을 두리번거린다. 그때 회화나무가 꽃송이를 흔들고 있는 게 눈에 들어온다.

"새롭게 열리는 운명의 때를 맞이하였도다."

성두는 설마 나무들이 하는 소리는 아니겠지 싶어 연신 주위를 둘러본다.

"나무야, 나무들이 하는 소리야."

연희가 속삭이듯 말해준다.

"나무, 나무가 말을 한다고?"

"맞아. 들어보라고!"

성두의 반문에 연희가 대꾸한다.

"설마……?"

성두가 외마디 소리를 내지르며 주변을 둘러보지만 보이는 건 나무들뿐이다.

'앞에 남자들이 그랬나? 하지만 저들은 점잖게 서있고, 소리는 분명 여자 음성인데.

'우지직 우지직'

그때 어디선가 나무 부러지는 소리가 들린다. 개암나무에서 나는 소리 같다.

"이 시간 이 자리에 있다는 건 축복이야."

"그렇고, 말고."

"도대체 누가 하는 소리들이야~!"

"쉿!"

성두의 외마디에 연희가 입술에 손을 갖다 댄다.

앞에 남자들의 말이 아닌, 분명 다른 데서 나는 소리들인 것이다. 도무지 알 수 없는 일에 신경이 곤두서고 머리가 복잡해진다.

"무슨 이런 일이?"

주위를 둘러본다. 그런데 회화나무가 커다란 흰 꽃송이들을 살랑살랑 흔들고 있는 게 눈에 띈다. 바람에 흔들리는 것이 아닌, 손을 흔들어 대듯한 모양새다. 저 같은 현상…… 있을 수 있는 일인가.

"우리가 그런 거 맞아요."

배롱나무가 붉은 꽃송이를 당당하게 흔들어대면서 대꾸한다.

"나무가 사람의 말을 해? 생각도 알고? 어떻게 그럴 수가……."

어처구니가 없다. 나무가 말을 하고, 사람의 생각까지를 알다니. 나무들까지 저렇게 나오는데, 남자들의 등장은 유도 아니다 싶다.

"지지직!"

"저 소리는 또?"

"나무 찢어지는 소리야."

성두가 연희의 귀에 대고 작은 소리로 속삭인다.

말을 하는 나무, 찢어지는 소리를 내는 나무, 인간 세상에도 말을 못하는 사람이 있듯 개암나무도 말을 못하는 나무가 있다. 처음에는 나무들이 말을 하는 것에 놀라워한 성두와 연희가 이제는 말을 못하는 나무에 신경이 쓰이면서 머리가 혼란스러워진다. 더구나 어찌하여 이런 일이 우리 앞에서 벌어지고 있다는 것이지, 그것이 또한 불안하고 걱정스러운 것이다.

그런데 해괴한 일이라도 보고 보다보면 익숙해지는가. 자연스럽다는 게 이런 것인가.

"운명에 편승해서 간다는 게 바로 이런 경우 아니겠어?"

"암, 암."

"때가 닥쳤거든."

성두는 하늘을 향해 살랑대는 자귀나무의 분홍 꽃과, 있는 힘을 다해 흔들어대는 이팝나무와 박태기나무의 하얀 꽃을 신비롭게 올려다본다. 나무위에 냉큼 올라 앉아 연분홍빛 웃음을 날리는 것 같은 자귀나무 꽃과, 밥풀 데기 같은 이팝나무 꽃들이 주고받는 수준 높은 대화에 그만 어이가 없어지고 만다.

"이보다 더 좋을 수는 없지?"

"없고말고."

버찌나무가 신바람을 내며 마구 흔들어대자 까만 버찌들이 총알처럼 튀어나간다.

"이런! 이런!"

버찌세례를 받은 연희 앞의 남자가 옷을 털며 눈살을 찌푸린다.

"조심하지 않고!"

"내가 너무 흔들었나?"

"이런 얼룩이라니!"

연희 앞의 남자가 구시렁댄다.

"사람도 아닌 것이 사람인체 하기는!"

버찌나무는 남자의 옷에 얼룩이 튀었음에도 잘못을 인정하기는커녕 되레 나무라는 투로 쫑알댄다. 이에 연희가 성두를 돌아보고, 앞의 남자는 버찌나무를 성난 눈길로 노려본다.

"보면 어쩔 건데?"

"참아줬더니만……!"

연희 앞의 남자가 버찌나무의 앙탈에 두 눈을 부라린다.

"참지 않으면 어쩔 건데?"

"저걸 그냥!"

연희가 버찌의 대거리에 주먹을 불끈 쥔다.

"아서!"

버찌나무를 향해 휘두르려는 연희의 손을 성두가 잽싸게 거머쥔다. 공연히 끼어들었다가 무슨 봉변을 당할지 모르잖은가. 예사로운 나무가 아닌 듯싶은데.

현장학습 45

그러면서도 버찌나무의 말이 궁금증을 불러일으킨다. 보고 보아도 어엿한 남자들인데 사람인체 하다니? 참으로 해괴망측한 말이 아닐 수가 없다. 그렇다고 확인해볼 수가 있나. 거기다 남자들은 어디다대고 허튼 소리냐며 호통을 칠만도 한데 대거리를 하지 않는다. 이해할 수 없는 일이다.

다만 뭐가 더러워서 피하지 무서워서 피하냐고 하듯, 버찌나무의 말 같지 않은 소리에 대거리를 하지 않은 것일 수도 있겠다 싶은 생각이 든다. 실제로 그랬을 것 같기도 하다. 그렇다면 저들이야말로 인자들이 아니겠는가. 허긴, 나무를 상대로 인간이 시시비비를 가린다는 자체가 우스운 노릇이기는 하다. 그렇게 생각하고 보니 대응하지 않은 남자들이 대견해 보인다.

어쨌거나 성두에게는 나무들이 말을 한다, 또 못하는 나무도 있다, 생전 처음 당해보는 이 같은 상황을 어떻게 받아들여야할지 도무지 알 수가 없다. 나무가 많은 산골 출신인 성두로서도 이건 있을 수가 없는 일이기 때문이다. 이 얼토당토않은 일들이 자신들 앞에서 벌어지고 있으니, 이보다 더 황당한 노릇이 없는 것이다.

"할 말이 있고, 못할 말이 있는 거야!"

또 어디선가 호통을 치고 나선다. 어떤 나무가 그러나 싶어 둘러보는데 주먹만 한 모과들이 버찌나무의 가지를 사정없이 후려친다.

"아, 알았어. 그만 해. 저들을 따라가고 싶은데 못 가서 그랬다. 저기 학생은 너도 알잖아? 여기 와서 놀던 그 학생 아니냔 말이야! 오랜만이라 너무 반가웠다고!"

"빵-!"

버찌나무의 항변에 난데없이 방귀 소리가 난다. 대포 소리만큼이나 크다.

"으 하 하 하 하 하 하."

"호~ 호~ 호~."

"아이고배야, 아이고배야 정말 못 말리는 작자야."

"마음만 먹으면 빵빵 뀌어댈 수 있으니 그것도 재주는 재주야."

"그러니까 뽕나무지 달리 뽕나무겠냐?"

"하나는 검정 물 튀고, 하나는 방귀 뀌고, 잘하는 짓이다 잘하는 짓이야."

나무들은 버찌나무와 뽕나무를 싸잡아서 나무라고 나선다. 기회다 싶으면 의도적으로, 자유자재로 방귀를 뀌어댄다는 것도 익히 알고 있다는 투다.

"제 노릇 하느라고 그러는데 너무 그러지들 마라. 또 방귀는 생리현상이잖아?"

"엄한 놈 옆에 있다가 벼락 맞았지 뭐."

서어나무의 말에 대나무가 거들고 나선다.

"우린 기립식물이고, 저들은 신기지신 인간이야. 기립식물은 기립식물로서 존재가치가 있고, 신기지신 인간은 신기지신 인간으로서 존재가치가 있는 것이야. 타고 난 본성대로 사는 것이 천지간의 섭리이고 그것이 곧 이치이지. 지금 이 천지간에 만연해 있는 병폐의 원인이 무엇이라고 보는가? 즉, 분수에 맞지 않게 과다하게 욕심을 부리는 데서 파생되어지는 일들이 아니냐고? 기립이 됐건, 신기지신이 됐건 본성을 벗어나면 파멸을 자초하게 되는 거지. 그러잖아도 세상이 썩을 대로 썩고, 어지러울 대로 어지러워져 있는데 기립식물인 우리까지 본성을 잃어버려서야 쓰겠냐고? 우리를 포함한 모든 것이 본성의 상실로 멸망을 자초하게 됐다고. 본성의 상실로 이 세상 모든 동식물이 멸종위기에 처해있는 거고!"

"우리가 언제 본성을 잃었다는 거야? 이 자리에 왔다는 자체가 본성을 지키기 위해서잖아!"

"입은 살아가지고!"

"마음이 하나가 돼도 모자랄 판국에 어찌 이리 말들이 많아?"

때죽나무와 팽나무의 대거리에 떡갈나무가 질책하고 나선다.

"죽은 자는 말이 없다. 이러쿵저러쿵 그 자체가 다 살아있다는 증거지. 또 세상을 살아가는 재미인 것이고."

왕벚나무의 달 관자 같은 말에 밤나무는 가죽나무와 팽나무에게 꿀밤을 주듯 훌훌 알밤을 던진다. 나무들의 떠들어대는 소리로 산 속이 아수라장 속이다.

성두는 나무들이 하는 양을 보면서 식물의 세계에도 위계와 질서라는 것이 있고, 서로가 대거리를 하는 것으로 보아 고만고만한 또래들이 있고, 티격태격하는 등 인간과 다를 바 없는 감정을 가지고 있다는 사실을 눈으로 확인하고 목격을 하게 된다.

그렇다고 보면 감정이나 언어라는 것이 인간에게만 주어진 특권으로 잘못 알고 있었던 게 아닌가. 잘못이라는 그 자체도 아예 모르고 있지 않은가.

지금까지는 심성이니 양심이니 해서 인간만이 지닌 권한인 양 누려왔다. 그런데 그게 아니라면? 그렇다면 앞으로는 인간 위주로 행해졌던 모든 병폐를 바로잡아야 하지 않나 싶은 생각이 든다. 공존, 공존, 또 환경오염을 부르짖는 이 마당에 동식물을 제외한 공존이나 친환경이란 당치 않은 일일 것이다. 그러니 이면의 세계는 귀 기울이거나 들여다보지 않으면서 방자하게 군림해온 인간이 얼마나 무자비한 존재인가.

"나도 한마디 하겠는데……."

갓 꽃망울을 터트리기 시작한 백목련이 나선다. 식물이라지만 자태가 우아하다.

"우리도 지금까지 사람, 동물, 곤충들과 더불어서 함께 변화해 왔거든. 살아왔다고 하지 않고 변화해 왔다고 하는 건 천지간에 모든 만물이 함께 변화 발전해 왔다는 뜻이야. 그런데 이제는 변화 발전의 마디에 와 있거든. 인간도 그렇고. 그런데 인간이 오히려 그 사실을 모르고 있어. 사태가 심각하지. 천지가 하는 일에 있어 인간 따로, 동물 따로, 식물 따로, 곤충 따로가 없거든. 우리 일이 인간 일이고, 인간 일이 우리 모두의 일로 분리될 수가 없는 거잖아. 지금 지구 곳곳에서 벌어지고 있는 사태들을 보라고. 지진으로 지축이 기울었다는 걸 우리는 아는데 인간이 그걸 모르잖아."

"아는 인간이 왜 없겠어? 대부분이 모르고 있기 때문에 얘길 해줘도 믿질 않는 거지. 이런 말하기 대단히 죄송하지만 지식적으로만 채워져서 받아들여질 머리가 없는 거야."

맙소사! 놀랠 노자네? 완전히 논리적이잖아? 도무지 이게 어찌된 일이람? 저들이 교육을 받았나, 도를 닦았나? 성두는 이거 보통 일이 아니다 싶어 침이 꼴깍 넘어간다.

"문제는…… 인간은 우리가 환히 알고 있는 영성을 잃었다는 것이야. 탐욕 때문이지. 탐욕으로 인해 타고난 영성이 진흙탕이 돼버린 거야. 그러니 뭐가 보이겠어? 한 치 앞이 보이지 않을 수밖에. 그런 인간의 손에 우리의 미래가 달려있다는 것이니…… 그러니 도리 있어?"

"그러니 심각하지."

"그 때문에 환송 나온 거잖아."

"이런 사실을 알기나 할까?"

"곧 알게 돼."

"그것이 우리의 희망이잖아."

"그리고 본질적인 면에 있어서는 인간과 다르지 않다는 걸 보여주고 있는 거고."

"어쨌든 살고 죽는 일이야. 죽고 나면 소용이 없는 거니까."

"그래. 묘 쓸 때 보라고, 서있는 채로 잘려 나가버리잖아?"

"그만, 그만. 너무 슬프다. 내 친구나무들이 내 옆에서 여럿 잘려나가 버렸거든. 그게 우리의 운명인 거지."

"그래, 그렇게 잘려나간 친구들을 수도 없이 보아왔잖아. 슬픈 운명이야."

"그렇다고 다 사라져버리는 건 아니잖아? 남아서 종을 번식시켜 나가는 게 전체적으로는 사는 것이기도 하지. 그러니까 그 기대와 바람으로 환송해드리자고."

"맞아!~ 맞아~!"

"그럼, 그럼."

나무들이 일제히 나뭇잎 박수들을 쳐댄다. 이에 꽃망울을 터트린 목련과 새빨간 단풍나무가 목례를 해 보이는데 그 자태가 또한 그지없이 우아하다.

"사람인체 한다는 말, 해서는 안 되는 말이었지. 임무에 충실하고 있는 거잖아."

오동나무가 널따란 나뭇잎을 버찌나무 위에서 살랑대며 조용히 타이른다.

"이 펄펄 끓는 열기…… 꽃이 너무 많아서인가……."

"꽃이 많은 나무가 어디 너 뿐이야?"

조용히 타이르던 오동무가 호통을 쳐댄다.

"양기 탓이지 뭐."

"그럼 오늘 이 환송으로 실컷 발산해버려."

"그래야겠네?"

버찌나무가 여전히 대거리를 해댄다.

"아무튼!"

"이제 그만."

삼나무가 늘어진 잎을 흔들면서 소리친다.

"그래, 어서 서둘러."

왕대나무의 호통에 상수리나무가 키 작은 나무들을 내려다보며 재우친다.

"그럼 시작합니다!"

손수건 나무가 나선다.

약속이나 한 듯이 손수건 나무의 신호로 마차가 서서히 움직인다.

그와 함께 양쪽으로 늘어선 나무들이 파도타기 물결을 이룬다. 소나무, 대나무, 상수리나무, 목련, 대추나무, 단풍나무, 이팝나무, 모과나무, 산딸나무, 굴참나무, 손수건나무, 벌 나무, 밤나무, 산수유, 배롱나무, 벽오동나무, 왕벚나무, 동백나무, 느티나무, 호두나무, 석류, 장미, 떼죽나무, 삼나무, 수수꽃다리, 팽나무, 떡갈나무 등 각종 식물들이 좌로 우로 쓰러졌다 일어서기의 파도타기를 반복한다. 나무들의 파도타기로 하늘과 땅이 요동쳐댄다.

식물들이 이같이 퍼레이드를 펼치다니! 놀랍다는 표현으로는 적절치가 않을 것 같다. 꽃, 향기, 색깔 등 너무나 황홀해서 꿈이라면 영영 깨어나고 싶지가 않다.

나무들의 파도타기 물결이 끝나갈 즈음이다. 갑작스럽게 어디선가 이는 소란. 이번에는 동물들이 등장을 한다. 나무들과 마찬가지로 소, 개, 말, 돼지, 호랑이, 늑대, 여우, 곰, 원숭이, 염소, 토끼, 닭, 거북이, 쥐, 구렁이와 뱀들까지도 기다랗게 늘여서 있고, 제비, 참새, 까치, 까마귀, 매, 부엉이, 오리, 학, 두루미,

현장학습 53

딱따구리와 나비 등은 공중에서 원을 그리며 날고 있다.

"이것들은 또 뭐야?"

동물들의 모습이 가관이다.

연희의 말마따나 식물은 아름답기나 하지 동물들은 아니다 싶다.

"박수~!"

"부탁해요."

"뭘 부탁해! 사람은 모르는데."

"그거야 알지."

원숭이의 말에 동물들이 머리를 끄덕이는데, 이들도 역시 인간들이 문제라는 식이다. 성두는 식물과 동물들이 인간을 노골적으로 무시하는 것 같아 불쾌감이 인다. 하지만 불쾌감에 앞서 동물은 동물대로 날짐승은 날짐승대로 저들 모두가 천적관계이지 않은가. 그런 저들이 서로를 존중하며 저처럼 모여든 원인이 무엇일까를 생각해본다.

"오늘이 아주 중차대한 날이거든요."

성두의 의아한 생각에 원숭이가 답변을 하고 나선다.

"중차대한 일이 뭔데?"

"차차 알게 돼요."

성두는 원숭이가 자신의 속을 읽었다는 궁금증 내지는 불쾌감을 참을 수가 없다.

"중차대한 일이라는 게 대체 뭔데?"

연희가 어이없어하며 쏘아붙인다.

"상생이죠."

딱따구리가 의아해하는 연희한테 하는 말 같다.

천적관계인 저들이 상생을 들먹이며 일사분란하게 움직인다?

"우리가 나온 보람이 있어요."

말이 성두의 생각을 알아차리고 하는 말 같다.

"모두가 함께 한다는 사실이 중요한 거니까 기분 상할 건 없어요."

"사실은 그런 말도 잔소리에요."

커다란 눈망울을 굴리며 하는 소의 말에 성두는 다시금 충격을 받는다.

그 동안 소와 함께 지내면서 말없는 대화를 많이 나눠왔다고 생각한 성두다. 그런데 실제로 소가 저런 말을 하고 나선 것에 놀라움을 금치 못하겠다.

성두는 동물과 날짐승이 식물과 뒤질 게 없는 수준 높은 대화에 인간이 재정립 되어야 하지 않나 하는 생각이 든다.

"우리도 함께 한다는 공존의식이에요."

새들이 머리 위를 빙빙 돌다 아래로 내려 꽂이면서 하는 말이다.

"얘들은 또 왜 이래?"

연희가 새가 하는 말에 신경질적으로 나온다.

"공존을 말하는 가 본데……."

"아까는 모른다고 했잖아?"

"심성을 말함인 거지."

"지들 심성은?"

"인간보다는 낫다는 거지. 쟤들은 생존하기 위한 최소한의 먹이만을 취할 뿐 탐내지는 안잖아. 그런데 인간들은 그게 아니잖아. 탐욕이 끝이 없어. 그러니 쟤들 말마따나 때가 덕지덕지 껴서 한치 앞도 못 내다보는 거지."

"자연주의자다운 말씀이군."

"너도 그래."

성두가 연희에게 나직이 속삭인다.

"내가?"

연희가 화들짝 놀라워한다.

"쓰레기 분리수거를 철저히 하는 것, 그것도 자연주의야."

"별 게 다 자연주의라네?"

연희는 어이가 없는 모양이다.

하늘문

 그 때다. '헉!' 마차가 급속도로 빨려드는 것에 성두와 연희가 기겁한다. 그 순간 한 단어가 번개처럼 스쳐 지난다.
 동굴! 아니 블랙홀!' 아! 죽는구나. 소리라도 내질러야겠는데, 이건 도무지 소리 지를 엄두조차 나지 않는다. 블랙홀! 사진이나 영화에서 보던 그 블랙홀. 급속도로 빨려 들어가고 있는데 500km도 더 될 것 같은 속도다. 이런 식으로 가다가…… 박살나버리지 않을까. 아~ 내 인생이 여기서 끝나버리는 건가. 기껏 이런 식으로 끝나는 인생이었는가. 부질없는 인생으로 끝장나

버릴 주제에 고향 타령으로 어머니의 속을 그리 썩였는가. 부모님, 특히 어머니한테 맞서던 일들만 돌이켜진다.

조상님한테도 죄송하다. 어른이 되어서 못 다 한 도리를 해드리겠다고 했는데, 그런데…… 약속을 지켜드리지 못해 미안할 따름이다. 문제는 두 남자를 무작정 따라나설 일이 아니었다. 연희를 어찌하나? 연희의 인생까지 끝장나게 돼버렸으니.

무슨 이런…… 너무 미안하지 않은가. 마지막으로 무슨 말이든 해봐야겠는데 옆을 돌아볼 수도 없다. 이런 개떡 같은 인생이 다 있나!

그런데 이상하다. 내동댕이쳐지듯 기우뚱 빨려든 흰말의 갈기가 흩날리지 않고, 앞에 있는 두 남자의 자세도 전혀 흐트러짐이 없다. 거기다 연희까지도 꼿꼿한 자세로 서있다. 자신도 또한 그렇다. 도대체 가 이게 무슨 일이라는 건가.

황당하게도 자신의 생각까지를 알아차리던 남자 둘은 꿀 먹은 벙어리인양 입도 뻥긋 않는다. 그런 저런 의문이 풀리기도 전에 이번에는 블랙홀 안이 벌 떼 소리로 윙윙댄다. 그렇다고 실제 벌 떼 소리냐. 그건 아니다. 여럿이 내는 소리, 주문? 그래, 주문소리다.

저 주문소리 때문인가. 어느 결에 머리가 맑아지고 마음이 평화로워진다. 아까까지 두려웠던 마음, 남자들을 따라나선 것에 대한 후회스러움, 지금까지 살아온 것에 대한 회안 등으로 복잡했던 머릿속이 거울처럼 맑아진다. 거기다 황홀해지기까지 한다.

머릿속은 또렷하다. 연희한테 말을 건넬 수 없는 이 부자연스러움에도 불구하고 몸과 마음이 평화롭다. 다만 말은 꼭 해봐야겠는데 쏜살같이 내달리는 상황에선 붙어버린 입이 열리질 않는다.

그 때 한 줄기 빛이 비쳐 들어온다. 동전만한 입구도 보인다. 마차는 동전만한 입구를 향해 전속력으로 내달린다.

성두는 위급한 이 상화에서 연희의 손이 잡고 싶다. 절실하게 잡고 싶어진다. 성두의 이 절실한 마음에도 불구하고 마차는 쟁반크기로 다가든 입구를 향해 붕 떠오른다.

그 순간 어느새 밖이다. 진동이나 충격 없이 불쑥 튀어나온, 이를테면 순식간에 칠흑 어둠이 대명천지 밝은 세상이 돼버린 상황. 인생 끝나나 했는데…… 꿈만 같다.

마차는 밖으로 나와서도 내달리고, 남자들은 여전히 꿀 먹은 벙어리마냥 서있다.

탁 트인 산하를 내달리던 마차가 도시 같은 곳에서 멎는다. 웅장한 건물 앞, 궁궐로 보인. 덕수궁의 대한문 같은 문이 시야 가득 들어온다. 서울의 덕수궁보다 서너 배는 더 커 보인다.

"다 왔어요. 내려요."

비로소 입을 여는 남자. 다분히 의례적이다. 점잖아 보이기는 해도 인간미가 없다.

연희를 돌아본다. 괜찮냐며 눈짓을 해 보이는데 차분한 표정이다. 다행이다. 이제야 남자의 말에 따르자며 긍정적으로 머리를 끄덕여 준다. 연희도 알았다며 머리를 끄덕여온다. 죽을 고비에서 살아나온 것이 다행스러운 모양이다.

마차에서 내린다. 그런데……? 온데간데없이 사라져버린 마차. 마차가 사라졌다 고해서 걱정할 일은 아니다 싶기는 하지만 황당한 노릇이다. 지금까지 엄청난 일을 겪었음에도 불구하고 지금 이렇게 멀쩡하게 살아있지 않은가. 속담에 호랑이한테 물려가도 정신만 차리면 산다는 말이 있다.

"이제는 우릴 이곳으로 데리고 온 이유를 말해줘야 될 거 아니오?"

성두가 쏘아붙인다.

"잠시 후면 압니다."

"누가 알려주는데요?"

"그것도 잠시 후에……."

"어휴~ 답답해."

연희가 붉어진 얼굴로 쏘아붙인다.

비로소 연희가 본래의 모습으로 돌아온 것에 성두는 오히려 긴장이 풀린다.

"누가 오십니다."

"우리가 아는 분이에요?"

"만나보시면 압니다."

"또 그 소리……."

연희가 구시렁댄다.

성두는 어쨌거나 아는 사람이었으면 참으로 좋겠다 싶다. 그렇더라도 모르는 사람이라 한들 무슨 상관이겠는가. 온다는 사람이 아는 사람이건 모르는 사람이건 사람만 와준다면 블랙홀, 아니 그보다 더한 곳이라 한들 무슨 상관이랴.

"온다는 분이 누굴까?"

"누군지는 몰라도 사람일 테지."

연희의 궁금증에도 불구하고 두 남자 중 누구도 알려줄 기미가 없어 보인다.

"성두야, 나 좀 봐."

연희가 맨발을 내려다보며 울상을 짓는다.

"가재를 잡다가 느닷없이 와버리는 바람에 양말과 신발을 찾아 신지 못했잖아. 핸드폰도 못 챙겼고."

"그러니 어쩐다지?"

연희가 발가락을 꼼지락대며 울상을 짓는다.

"나도 마찬가지야."

할 수 없는 노릇 아닌가. 납치당하다시피 해서 왔지 오고 싶어 온 건가. 그러니 맨발을 탓할 일은 아니다. 창피해할 일도 아니다. 그런 마음으로 살펴보는데 남자들의 발은 옷자락에 가려 보이지 않는다.

"걱정할 거 없어요. 나무에서 따 신으면 돼요."

"나무에서 따 신는다고요? 열매가 아니고요?"

"저기 봐요. 신발이 달려 있잖아요."

맨발인 것을 난처해하는 연희에게 마차 앞에 섰던 남자가 궁전 밖 아름드리나무를 가리킨다.

"나무에서 신발이 열려요?"

연희가 누굴 놀리느냐며 남자를 노려본다.

"신발나무잖아요. 저쪽에는 옷 나무고요."

"나무에서 옷을 따고, 신발을 따서 신는다고요?"

"그래요. 달라고 해봐요."

연희는 도무지 믿기지 않는다는 투다.

"그렇지만…… 지금까지 별일들이 많았지만 곤란을 당하진 않았잖아. 달라고 해봐. 내가 지켜보고 있을 테니까."

성두가 걱정 말고 따르라며 연희에게 머리를 끄덕여준다.

얼떨떨한 마음으로 나무 곁으로 다가간 연희가 위를 올려다본다. 그런데 두 그루의 커다란 나무에 나뭇잎이 아닌 물체들이 달려있다.

"이 신발이 맞아요."

나무가 내려주는 신발을 연희가 받는다.

신발을 신고 나자 옆의 나무가 가지를 내려뜨려 연희의 팔에 옷을 걸쳐준다.

그 때 한 선녀가 나타난다.

"옷 갈아입어야죠? 따라 오세요."

선녀를 따라 옆에 있는 건물 안으로 들어갔던 연희가 옷을 갈아입고 나온다.

"어때?"

옷과 신발을 신은 연희가 신기해하면서 성두에게 묻는다.

"예뻐."

"정말?"

새하얀 원피스를 입은 연희가 수줍은 모습으로 빙그르 돌아 보인다. 눈이 부시도록 아름답고 새털처럼 가벼워 보인다.

"너도 받아 입고, 신고 해봐."

연희가 머리를 끄덕여준다.

'그래…… 성두가 마음을 다잡는 순간 나무 밑으로 스르르 다가가진다.

나무 밑으로 다가간 성두가 위를 올려다본다. 열렸는지 걸렸는지, 달렸는지 모를 물체들을 올려다보고 있는데 나무가 이게 맞다, 저게 맞다, 며 신발과 옷을 내려준다.

나뭇가지가 내려준 신발을 받아 신는데 이건 신발이라기보다 꽃잎이다. 꽃신. 꽃신이란 말은 많이 들어봤다. 하지만 정말 꽃신 같은 꽃신은 본 일이 없다. 그런데 이 신발이야말로 나무에서 피어난 진짜 꽃신이 아니고 무엇이랴. 자연의 일부가 된 느낌이다. 옆의 나무에서 내려준 옷도 받아 입는다. 바지저고리에 도포로서 어린이들이 입는 옷 또한 가벼우면서 자연스럽다. 머리에는 초립도 씌워진다.

"초립동이네?"

연희 또한 성두가 초립동이로 깜찍해 보이는 모양이다.

"그만 가자."

"그래, 누가 온다는 것이니까."

연희가 그 누구를 기다리는가.

남자를 따라 스르르 간 곳은 잔디와 나무와 꽃들과 호수가 어우러진 정원 안 누각이다.

누각 앞의 호수와 금빛 수양버들, 주변이 온통 꽃동산이다.

성두와 연희를 환영하는가.

금빛 수양버들 가지가 너울거리고, 갖가지 꽃들이 방실거리고, 나비들은 꽃 위를 춤추듯 날아다닌다. 아름다우면서 생동감 넘치는 자연환경이다. 천국을 가본 일이 없는 사람들이 천국을 말한다. 그런데 보니 이런 곳이 천국이지 않을까 싶다.

11대조 할아버지

"오셨습니다."

남자의 말에 돌아보는데 웬 노인이 다가온다.

"성두냐?"

대뜸 묻고 나선 노인. 처음 본 노인의 입에서 자신의 이름이 튀어나온다. 도대체 이게 어찌된 일인가.

"먼 길 오느라 수고했다."

머리, 눈썹, 수염 모두가 하얀 백발노인이 함박꽃 웃음으로 말을 건네 온다. 하지만 성두는 도무지 뭐가 뭔지 알 수가 없어

어리둥절하기만 하다.

"너는 연희라고 하지?"

'거기다 연희까지?'

연희도 두 눈을 휘둥글린다.

"제 이름을 어떻게 아시는데요?"

연희가 모기만한 소리로 조심스럽게 묻는다. 자신은 물론 연희까지 알다니, 그렇다면 자신들이 모르는 무슨 음모? 계획? 그런 건가?

"그걸 모르면 하늘 사람이겠냐? 나로 말하면 성두의 11대조 조부가 된다."

'하늘사람? 그럼 이곳이 하늘나라? 그리고 11대 조부? 도대체 어찌 된 노릇이란 말인가? 아닌 밤중에 홍두깨도 유분수지, 얼마 전에 돌아가신 바로 윗대 할아버지라면 몰라도 까마득한 11대조 할아버지라니! 11대조라면 도대체 몇 년 전의 할아버지가 되는가? 1대를 30년으로 잡아도 330년 전의 할아버지가 된다. 그러니 사람이겠는가.

이런 엉뚱함이라니! 하늘나라? 그렇다면 우리가 죽었는가? 그러나 우리는 분명 죽지는 않았다. 그보다는 이곳이 하늘나라라고 하니, 신들(귀신)의 세상일 것만은 분명하다. 그런 귀신들의 세상에 사람인 자신들이 오게 되다니. 이게 어찌된 일이란 말인가.

 이곳으로 오기 전에 식물들과 동물들과, 새와 벌 나비들이 벌인 일들은 또 무엇이며, 자신들과는 어떤 관련이 있다는 건가. 도무지 무슨 영문인지 알 수가 없다.

 "성두야~!"

 정신을 추스르지 못해 기우뚱 넘어지려는 성두를 연희이가 부축하고 나선다.

 "호들갑 떨 것 없다. 물러 서거라!"

 성두를 부축하는 연희를 노인이 엄하게 꾸짖고 나선다.

 연희는 의아해하면서도 노인의 그 기세에 엉거주춤 뒤로 물러서고, 성두는 언제 그랬냐 싶게 곧장 바로 서게 된다.

 "괜찮은 거야?"

 "응."

 성두 또한 어리벙벙해하며 머리를 끄덕인다.

 "됐다. 가자꾸나."

 노인이 다짜고짜 서두른다.

 "이곳이 어디인지는 알아야죠."

 성두는 무엇보다 그것이 궁금하다.

 "아까 못 들었느냐?"

 '하늘나라라고요?'

사람이 죽으면 대개 하늘로 간다고들 한다. 그래서 성두 자신도 사람이 죽으면 하늘로 올라가는 것으로만 알고 있었을 뿐이다.

"바로 그 하늘이다."

"그렇다면 저희가 이 하늘에 왜 오게 된 건데요?"

"너희는 죽어서 온 것이 아니고 해야 될 일이 있어 온 것이다."

"그렇더라도 부모님은 저희가 없어져 난리가 났을 거라고요. 전화라도 해줘야 되는데 전화도 못 챙겨 왔고……."

"그러게……. 바위 위에 놓고 와버리는 바람에……."

"이곳은 하늘이라 전화가 있어도 통화가 되지 않아요."

잠자코 있던 남자가 말한다.

"부모님은 저희가 없어져서 난리가 났을 텐데…… 전화라도 해드려야 되는데…… 전화기도 안 가져왔고."

"그러게…… 바위에 놓아두었는데 그냥 와버리는 바람에……."

"이곳은 하늘이다. 전화기가 있어도 통화가 되지 않는다."

"그럼 어떻게 해요?"

"갑작스럽게 올라오게 되었는데 저희가 이 하늘나라에서 해야 될 일이 뭔데요?"

성두와 연희는 이 상황이 도무지 혼란스럽기만 하다.

"차차로 알게 된다."

노인이 한마디로 잘라 말한다.

이게 무슨 일인가. 이 하늘나라에서 자신들이 할 일이 무엇이라고?

노인의 단호한 태도에 더 물어볼 수는 없지만, 얼마 전에 돌아가신 할아버지 할머니가 이 하늘에 계신다면 보고 싶다.

"조부가 보고 싶은 게로구나? 잘 있으니 걱정 말고 따라 오너라."

'……?'

노인이 성두의 속을 꿰뚫고 있는 것에, 이 하늘은 생각조차 마음대로 할 수 없는 불편한 곳이라는 생각이 든다. 이런저런 복잡한 심정으로 노인의 뒤를 따른다. 스르르 들어가는데 바깥 전경이 한눈에 들어온다. 그림처럼 펼쳐진 호수, 모양과 색깔이 다른 크고 작은 나무들, 가지각색의 꽃들, 하늘의 위상에 손색이 없는 전경들이다. 식물들과 아름다운 꽃을 보자 조금 전 불편했던 마음도 스르르 녹아내린다.

"쓸 자손 하나 얻으려고 육십 년 동안 공을 들였구나. 공들인 보람이 있어 너와 이렇게 만나게 되었으니 나로선 기쁘기 한량이 없고."

노인이 의외의 말로 성두를 바라본다. 성두와 연희를 향해 살짝 웃어 보이는 입술 사이로 드러난 백옥처럼 흰 이가 인상적이다.

"무슨 공을 어떻게 들이셨는데요?"

노인과의 첫 대면 때문인가. 연희가 어딘지 편치 않는 기색으로 따진다.

"성두가 태어나는데 선대 조상들이 쓸 자손 하나 받아 내리고자 매일 청수 올리면서 기도를 많이 올렸지. 그 공덕으로 성두가 태어나게 된 것이지."

노인의 말에서 성두는 어머니가 꾸었다는 태몽 얘기가 퍼뜩 떠오른다. 바로 해조류껍질이 나오는 그 뒷산이라고 했다. 붉은 닭이 세 개의 산봉우리 중에서 가운데의 제일 높은 봉우리 꼭대기에 위에 근엄하게 서서 아래를 내려다보고 있더라고. 그 꿈을 꾸고 나서 성두를 가지게 되었다고.

그렇다면 태몽은 태어날 사람의 미래를 알려주는 건가.

모를 일이다. 모를 일이기는 해도…… 고향에 대해 그토록 집착해왔던 이면에 자신이 모를 섭리가 있지 않나 싶은 뭔가 모를 기대가 가져지기는 한다.

어쨌거나 성두에게는 특이한 점이 있기는 하다. 아픈 사람을 보면 그 증세에 맞는 약초가 알아진다. 그래서 그 약초를 쓰도록 하면 병세가 씻은 듯이 낫는 것이다. 그로 인해 성두는 마을 사람들에게 의원 같은 존재가 되어 있었다. 도인이라는 별명도 붙여졌다. 하지만 어머니는 도인이나 의원으로 불리는 걸 지독하게 싫어했다. 어머니는 아픈 사람이 성두를 찾아오는 것도 불쾌하게 여겼다. 마을에서 지내는 천제도 싫어했다. 아들인 성두를 서당 골로부터 떼어놓으려는 어머니의 속셈은, 아들이 마을 사람들에게 의원 대접받는 것이나, 천제 또는 제사에 참석하는 자체가 싫었던 것이다.

그런 어머니가 남원으로 이사 나와 먼저 한 것이 교회에 나감으로 제사를 치워버리는 일이었다. 남자로서 주장이 강하지 못한 아버지는 교회로 나가는 어머니를 막지 못했고, 결국 제사를 치워버리는 사태가 벌어지고 말았다. 성두에게까지 조상님께 대죄를 짓는 멍에를 씌워 주는 꼴이 되어버렸다.

"성두가 태어나는데 그처럼 공을 많이 들였다는 거예요?"

연희는 그게 궁금한 모양이다.

"물론이지. 사람이 그냥 태어난 것 같아도 그냥 태어난 것이 아니지. 조상님들이 공을 많이 들여야 하고, 공을 들인 만큼 훌륭한 자손이 태어나는 거란다. 그처럼 어렵게 태어난 인생을 허술하게 보낼 수가 있겠느냐. 그래서……."

노인의 그 말에 연희의 표정이 심각해진다.

'조상과 자손과의 관계가 그만큼 중요한가.'

"그렇다면 저는 요?"

연희가 궁금해 하며 묻는다.

"당연히 너도 공을 들였지."

"그렇다면…… 쓸 자손이란 어떤 자손을 말하는 건데요?"

연희는 쓸 자손이라는 것에 대해서도 신경에 쓰이는 모양이다.

"큰일을 할 자손이지. 세상과 나라와 집안을 일으켜 세우는 일꾼이란다."

"그럼 성두가 세상을 위해 큰일을 하고, 집안도 일으켜 세운단 말이에요?"

"그러지 않겠느냐? 이곳이 어디 아무나 올 수 있는 곳이더냐?"

"성두가 여기에 온 것으로 세상과 나라를 위해 큰일을 해내고, 집안을 일으켜 세운다면 그럼 저는 요?"

"너도 그렇지 않겠느냐? 그렇지 않고서야 여기가 어디라고 왔겠느냐? 잘 따라가면 득이 되고 잘못 따라가면 해가 된다는 말이 있다. 그러니 너도 이곳으로 오기까지 조상님께서 많은 공을 들이신 것이지."

"그렇다면 저의 조상님도 이 자리에 계셔야 되잖아요?"

연희는 자신의 조상이 나오지 않는 것이 섭섭한 모양이다.

"이곳은 이곳의 법도가 있다."

연희의 조상에 대한 의구심에도 불구하고 성두는 노인이 자신의 조상이라는 것에 안심이 된다. 조상이라면 적어도 자손에게 해를 끼치지 않을 것이란 생각 때문이다. 또 무엇보다 조상이 이런 하늘에서 중요한 일을 맡고 있는 것 같아 마음이 든든해지기도 하다.

"나는 어디까지나 대표로 나왔을 뿐이다. 너도 조상님을 곧 만나게 된다."

"아, 그러고 보니 어머니가 꾸었다는 태몽이 생각나요. 누군가 책을 주었는데 그 책들을 치마폭 가득 받아왔대요. 어머니는 제가 공부를 잘하는 것이 그 꿈 때문이라고 생각하세요. 저도 그런 것으로 생각해 왔고요."

"그렇지. 반장도 아무나 하겠느냐?."

연희의 표정이 비로소 밝아지는데, 노인은 연희가 반장이라는 것도 알고 있는 모양이다.

"네가 공부를 많이 해서 다른 사람들을 가르치게 될 것을 암시한 태몽 같구나."

"제가 사람들을 가르쳐요?"

"그리 될 것이다."

"뭘 가르쳐요?"

"가르칠 건 많지."

"……!"

"그건 나중 일이고, 이제 곧 수행에 들어간다."

"수행……! 무슨 수행이요? 해본 일이 없는데요."

"수행도 공부다."

그때 위에서 뭔가가 내려온다.

"보거라. 읽을 수 있겠느냐?"

"……."

흰색 바탕에 녹색으로 쓰인 한문이다. 그런데 아는 글자보다 모르는 글자가 더 많다. 뜻은 더더구나 모르겠다.

"한문을 못 배운 게로구나."

노인이 안타까운 표정을 짓는다.

"모두 오라고 하게."

노인의 그 말에 백여 명도 더 될 것 같은 사람들이 아니, 남자와 여자들이 들어온다. 아니, 남자와 여자들이란 표현은 적절치가 않은 흰옷 차림의 선남선녀들이다.

"너희는 이곳에 앉아라."

성두와 연희에게 맨 뒷자리를 일러준다.

선남선녀들이 간격에 맞게 정연하게 앉는다. 성두와 연희는 노인이 일러준 대로 선남선녀들 맨 뒤에 앉는다.

나무물결무늬의 목재로 된 바닥, 방석이 없는데도 차거나 딱

딱한 느낌이 들지 않는다.

　징소리와도 같은 소리로 수행이 시작된다. 처음에는 제대로 들리지도 않고, 무슨 소리인지 분간이 되지 않았다. 얼마를 그렇게 듣고 있었을까.

　시간이 흐르면서 익숙해지는데,

　'아~ 저, 소리!'

　'맞아! 블랙홀, 그 안에서 듣던 소리!'

　"그래 맞아, 그 소리야."

　"참 좋다. 그 안에서 듣던 소리하고는 좀 다른데? 따라 해 볼까?"

유체이탈

　주문을 속으로 웅얼거리면서 몰입해 들어가는데 갑작스럽게 몸이 붕 떠오른다. 하늘로 오르자 황룡과 청룡이 다가와 성두와 연희에게 등을 내민다. 타라는 몸짓으로 보인다. 용에 대한 두려움이나, 성두와 연희는 하늘을 오르는 것에 대한 두려움 없이 청용과 황용의 등에 올라탄다.
　성두를 태운 청룡과 연희를 태운 황룡이 하늘 높이 올라간다.
　구름을 가르고 아름다운 은하계와, 별들의 태양계를 지나 높이, 높이 떠감에 따라 신비로운 소리에 기분도 황홀해진다. 우주 공간은 천체만 있는 것이 아닌, 감미로운 선율까지 흐르고 있다. 감미로운 선율에 몸과 마음이 새의 깃털처럼 가볍다.

처음 들어보는 선율, 그 선율의 신비로움에 몰입이 되어가고 있는데 먼 곳으로부터 눈에 익은 행성 하나가 다가온다. 빙글빙글 돌며 다가오는 생명력 넘쳐 보이는 파란 행성, 아~! 지구다 지구. 아름다운 지구, 자신이 살고 있는 지구라고 생각하니 새삼스럽게 지구에 대한 자긍심이 인다.

지구에 대한 자긍심에서 마음이 뿌듯해지는데 청룡과 황룡이 가까이 다가온 지구를 지나쳐 어딘가로 서서히 내려앉는다.

"저건!"

청룡과 황룡이 내려앉는 것에 살며시 눈을 뜬 연희가 놀라워한다.

"전쟁이 벌어지나 봐!"

황룡기와 청룡기 아래 기치창검을 든 병사들이 줄지어 서있다.

시두라는 깃발 뒤로는 하얀 복장 차림의 병사들이 줄지어 서 있고, 괴병이라는 깃발 뒤로는 검정복장차림에 기치창검을 든 병사들이 줄지어서있다.

"도대체 저건 뭐야!"

"무슨 일이에요?"

장군인 듯한 장수에게 성두와 연희가 묻는다.

"지상으로 내려갈 군사들이오."

"지상이라면?"

"우리가 사는 지구?"

장수의 말에 성두와 연희가 기절초풍하듯이 묻는다.

"그래요."

장수, 아니 귀신의 답변이 당당하다.

"당신은 누군데요?"

"개벽대장이오."

"개벽대장이라면?"

"개벽을 일으키는 대장이란 말인가요?"

바다가 산이 되고, 산이 바다가 된다는 개벽을 염두에 둔 성두와 연희가 묻는다.

"그건 아니오."

"그럼 저 병사들은요?"

"개벽병사들이오."

"그럼 저 병사들이 개벽을 일으키게 되나요?"

"아니오. 개벽은 지축 변화로 일어나는 것이고, 개벽병사들은 병마를 다룰 뿐이오."

"그럼 그게 언제 일어날 건데요?"

"때가 되면."

"그 때가 언젠데요?"

"그건 나도 모르오."

"모른다면서 저러고 있는 거예요?"

"때가 되기를 기다리는 거요. 그때를 대비해서 만반의 준비를 하고 있는 것이라오."

"그럼 그때 저 많은 병사들이 지상으로 내려간다고요?"

"맙소사!"

저 무시무시한 군인들이 지상에서 무슨 일을 벌인다면 지구는 쑥대밭이 돼버리고 말지 않겠는가. 그리 된다면…… 지구는 멸망을 면치 못할 것이다. 그리 되기 전에 막아야 되지 않겠는가. 막을 방법은?

그 순간 다가든 느닷없는 장면.

산이 폭격을 맞은 듯 폭삭 무너져 내린 상태이고, 땅은 지진이 난 것처럼 쩍쩍 벌어져 있다. 무너지고 부러진 대형 건물들은 벌어진 틈새로 거꾸로 처박힌 몰골이다. 도시는 온통 무너지거나 망가진 건물들로 쓰레기장을 방불케 하고, 도시는 온통 시체로 널 부러져 있으며, 목숨이 붙어있다 해도 살아있는 사람들은 어마어마한 참사와 병마로 살아갈 의욕을 포기한 상태들이다.

깜짝 사라진 장면에 성두와 연희가 멍한 몰골인 상태로 서로를 바라본다.

"너도 봤어?"

연희도 같은 장면을 본 건가 싶어 성두가 물어본다.

"너도 본 거지?"

연희가 되물어온다.

"너무 무서워."

"거기가 도대체 어디야?"

"한국이오."

성두와 연희의 물음에 개벽대장이 대꾸해온다.

"그럼 지금 한국이 그렇게 되었다는 거예요?"

"지금이 아니라 장차 닥칠 일이오."

"그렇다면 하늘의 일이라는 게 고작 지구를 박살내는 거란 말인가요?"

개벽대장의 말에 연희가 버럭 화를 내버린다.

"그래요, 말도 안 돼요!"

성두도 연희의 반격에 동조하고 나선다.

"인간이 망가뜨린 지구에서 벌어지는 일이고, 망가진 지구를 살리는 일인데 무슨 당치 않은 소리요!"

"저 많은 병사들이 지구로 내려간다면서요? 병사들이 내려가

유체이탈 81

면 빤하지 않겠어요?"

"그리고 지금 지구는 어디가 어떻게 잘못돼 있는 게 아니에요. 말짱하다고요!"

성두와 연희가 쌍으로 반박한다.

"억지 쓸 거 없어요. 지구가 전쟁, 질병, 지진, 사건사고로 어디 온전한 곳이 있는 줄 아오?"

개벽대장의 그 말엔 할 말이 없다.

"그건 나중에 확인이 되오."

신성해보이던 하늘이 저와 같은 일을 벌이다니, 이 무슨 고약한 심보인가 싶다.

거기다…… 남의 속을 꿰뚫는 것도 속이 편치가 않다.

"지구에서는 서로를 모르니 믿을 수가 없고, 그로 인해 오해가 빚어지는 일들이 많지 않소? 그러나 이곳은 서로가 서로를 환하게 알고 있어 불신이 되거나 답답함이란 없소. 장차 지구도 그렇게 될 것이오. 그 전에 겪어내야 하는 일이 개벽이니 도리는 없소만……."

개벽대장이 논리정연하게 설명해준다. 개벽대장의 그 말에 아는 게 없으니 반박할 여지가 없다.

개벽대장의 말대로라면 바로잡혀 좋은 세상이 된다는 것이니…… 아까 보았던 장면이 되지 않기 위한 준비는 되어있지가 않은 게 아닌가.

"개벽 그런 거 없이 좋은 세상 만들 순 없나요?"

연희는 개벽이 두려운 모양이고, 성두로서도 바다가 솟고, 산이 가라앉는 등의 개벽이 두렵지 않을 수가 없다. 하지만 이곳의 정황으로 보면 개벽은 피할 수가 없고, 엄청난 일로 비켜날 방법도 없어 보인다.

"그로 인해 당신들이 해야 될 일이 있는 것이오."

"저희한테 무슨 능력이 있다고요?"

성두가 발끈해서 받아친다.

"말도 안 돼!"

연희도 발끈한다.

"초립동이 도수면 되어. 그렇게 되면 가능해요."

'초립동이 도수가 뭔데요?'

"곧 알게 되오."

성두의 속을 꿰뚫은 개벽대장이 답변한다.

'도대체가 초립동이 도수라는 것이 무엇이야?'

연희의 불만불평에 개벽대장은 아예 입을 다물어버린다.

"그렇다면…… 초립동이 도수로 해야 될 일이 뭔데요?"

"연희야!"

성두가 연희를 제지시킨다.

따지고 따진다고 닥칠 일이 피해지고, 그런 상황에서 속 시원하게 알려줄 개벽대장이 아닐 것이기 때문이다.

"그럼 나는 여기까지입니다."

순간 개벽대장을 비롯하여 그 많은 장수들이 감쪽같이 사라져 버리고, 하늘에 오르기 전 그 모습 그대로 수행하는 선남선녀들 뒤에 앉아있는 그대로다. 분명 청룡과 황룡을 타고 또 다른 하늘을 날았고, 개벽대장과 무시무시한 개벽장수들을 보았다. 그럼 바로 이게 유체이탈이라는 것이었나?

자신들이 태양계와 은하계와 우주를 돌아 하늘의 병사들과 개벽대장을 만나고 온 사실을 모르는 듯 선남선녀들의 수행은 아직까지도 진행 중이다. 선남선녀들은 성두와 연희가 없어졌다 돌아온 사실을 까마득히 모르고 있는 눈치들이다. 아니, 모르는 게 없는 이 하늘에서 내색을 안 하고 있을 수도…… 그런 생각이 들자 순간 섬뜩한 기분이 든다.

드디어 수행이 끝나는 모양이다. 선남선녀들이 돌아가고, 노인과 성두와 연희만 남는다.

성두는 분명 연희와 함께 청룡과 황룡을 각각 타고 하늘을 날았다.

"연희야 간 거지?"

"같이 가놓고 무슨 소리야? 개벽대장과 얘기까지 해놓고……."

"그러게 말야. 우리는 어쩔 수 없이 한 배를 탄 것 같다."

"그걸 이제야 알았어?"

연희는 벌써부터 각오를 하고 있었다는 투다.

"둘 다 내 손 잡거라."

성두와 연희가 주거니 받거니 하고 있는데 노인이 손을 내민다.

"이번엔 어딜 가는데요?"

연희가 묻지만 노인은 묵묵부답으로 성두와 연희의 손만 잡을 뿐이다.

노인의 손에 잡히는 순간 세 사람이 하늘로 붕 - 떠오른다. 말을 타지 않고서도 맨몸으로 붕 떠오르는 것에 성두와 연희는 기절초풍을 할 지경이 되고 만다.

밑을 내려다본다. 조금 전 자신들이 있었던 자리가 멀어지면서 보이지 않게 된다. 위를 올려다보면 햇살은 햇살대로 맑고, 구름은 구름대로 가볍게 떠다니는 솜사탕 같다.

오르고 오르던 노인이 한순간에 아래로 내려선다.

"하늘을 나는 건 무슨 뜻이에요?"

연희는 그게 궁금하다.

"지상에서 올려다보면 하늘이 한 하늘로 보이지 않더냐. 그래, 하늘이 하나가 아니란 걸 보여주고 있느니라."

유체이탈

"그렇다면 몇 하늘로 되어있는데요?"
"구천이라는 말 들어보았을 테지?"
"그럼 하늘이 숫자 아홉, 구천으로 되어있다는 건가요?"
"앞으로는 십 천이 되지."

단종임금

"왔다고 전해주시게."

기다리고 있었던 듯 줄지어 늘어선 사람들 아니, 선남선녀들 가운데 맨 앞의 선녀에게 노인이 말을 건넨다.

"기다리고 있었다오."

임금님 복장, 즉 용포와 상투에 동곳을 찐 한 남자와 뒤를 따르는 또 다른 남자 여섯 명이 다가온다. 용포에 동곳을 찐 남자를 보는 순간 성두는 어디선가 본 듯도 해서 뒷걸음질이 쳐진다.

"단종 임금님이시다."

'예~ ? 단종임금 요?'

성두가 외마디 소리를 지른다.

"그렇게도 놀라우냐?"

단종이 얼빠진 모습으로 서있는 성두에게 배시시 웃으면서 다가선다.

"예, 예. 죄, 죄송합니다."

성두가 떨리는 음성으로 더듬거린다.

"네가 죄송할 일이 뭐냐? 더구나 지금은 왕정 체제가 아니고 대통령체제 아니냐."

의외로 자상하게 나오는 단종의 말에 성두의 마음도 사르르 녹아내리는 기분이다.

성두가 태어날 때도 왕정체제는 아니었다. 그러니 왕을 본 일이 없고 단종에 대한 것 또한 역사적으로나 들었을 뿐이다. 그런데 지금 앞에 계신 분이 단종이라고 하니, 단종이라면 오래 전에 세상을 떠난 분이잖은가. 그러니 사람일 리가 없다. 그럼에도 삼촌한테 죽임을 당했다는 것 때문인가. 무섭기보다 측은한 마음이 앞선다.

"인사 올려라."

성두와 연희가 노인이 시키는 대로 몸을 구부려 절을 한다.

"잘 왔다."

절을 하자 단종이 손을 내민다.

"반갑다."

단종이 성두의 손을 잡으면서 반가워한다.

단종이라면 분명 몇 백 년 전의 까마득한 임금님이고, 그러니 귀신일 수밖에 없다. 그럼에도 전혀 귀신으로 보이지가 않는다.

"두려워 말거라. 나도 사람이다~."

단종이 자신을 일컬어 사람이라고 한다. 단종이라면 죽은 것이 확실하고, 죽었다면 귀신인 것이 분명하잖은가. 그런데도 사람이라는 것이니…….

"거 참…… 나도 진실로 사람이다~. 너희들은 육체가 있는 사람, 너희 할아버지와 나는 육체가 없는 사람. 육체가 있고 없다 뿐이지 생각이나 마음은 다를 것이 없는 똑같은 사람이다."

생각이나 마음.

이치적으로는 이해가 된다. 그렇더라도 죽은 사람에 대한 지금까지의 정서는…… 글쎄…….

"그래, 그게 그렇게 쉽게 받아들여지겠느냐? 그건 나중 일이고, 우선은 너희들에게 겁주러 온 거 아니니 두려움을 내려 놓거라."

단종이 이번에는 백짓장처럼 새하얘진 연희의 손을 붙들면서 안심을 시켜준다.

"너희와는 특별한 인연이 있다. 그러니 긴장을 풀어라. 그래야 내가 편해지지 않겠느냐?"

그러면서 성두와 연희에게 조상과 자손의 관계를 설명한다.

단종의 말에도 불구하고 연희는 두려운 이 자리를 어서 벗어나고 싶어 하는 기색이다. 조상이라고 하는 노인이 데리고 나가 주었으면 하는 애처로운 눈길이지만 노인은 아예 성두와 연희를 단종에게 맡겼다는 듯이 태평스런 태도다.

대한민국 국민이라면 어린이를 제외한 모든 사람들이 단종을 모르지 않을 것이다. 삼촌한테 임금의 자리를 빼앗기고 귀양을 갔다. 어디 그뿐인가. 결국은 죽임을 당한 비운의 왕이 아니던가. 삼촌으로부터 죽임을 당했을 때는 어리다고 했다.

그런데 지금 성두와 연희 앞에 서있는 단종은 30대 정도의 어엿한 어른이다. 얼굴은 영화배우로 나서도 손색이 없을 미남형이고, 키도 훤칠하다. 성품도 너그러워 보이는 게 임금다운 면모다. 그때당시 이런 임금님이 나라를 다스렸다면 백성들의 삶이 평안하지 않았을까 싶은 생각이 든다. 그리 되었으면 충신인 사육신도 처절한 죽임을 당하지 않았을 것이며, 부당한 처사에 상소를 올렸다고 해서 그 신하들의 9족까지 멸하는 참화도 없었을 것이다.

"너희들 사육신은 아느냐? 바로 여기 계신 이 분들이시다."

단종과 함께 등장한 저분들이 사육신? 세상에나! 저분들은 죽어서도 여전히 단종을 추종하고 있다는 건가. 충신 중에 충신.

대단한 충신들이지 않은가. 성두는 그들의 충성심에 마음이 짠해지면서 절로 머리가 숙여진다.

단종에 대한 역사드라마나 영화를 보면서 단종이 불쌍하고 사육신의 죽음이 안타까워 울분이 터져 나오기도 했었다. 그런 임금과 사육신이 자신들 앞에 서있다. 마음 같아서는 무릎을 꿇고 경의를 표해드리고 싶다. 그런데 귀신이라는 것 때문인가. 선뜻 다가설 수가 없으니 무슨 심사인지 모르겠다.

이러면 안 되는데…… 다시금 마음을 다잡아본다. 알고 보면 몇 백 년 전의 임금인 단종과 충신들인 사육신을 만난다는 것이 어디 보통 일이겠는가. 영광중에 영광이고, 행운 중에 행운이 아니던가.

또 단종은 너무 착해서 삼촌인 수양대군으로부터 죽임을 당했고, 사육신들은 단종에 대한 충성심으로 9족까지 참살 당했던 충성스런 신하들이다.

"나를 너무나 잘 안다는 듯한 표정들이군. 그래 역사, 드라마, 혹은 영화를 통해 나에 대해 알고들 있었겠지. 나도 봤어. 어린 왕, 비운의 왕, 가련한 왕, 그렇게 묘사가 되어있더군."

'죽은 사람이, 그러니까 귀신이 영화, 텔레비전 등을 본다고? 맙소사! 그렇다면 귀신들이 세상을 막 돌아다니고 산사람들과 섞여 볼 것을 다 본다고?'

그런 생각이 드는 순간 성두의 머리끝이 쭈뼛 선다. 사람과 섞여 돌아다니다니, 소름끼치는 일이 아닐 수가 없다.

"사람들이 몰라 그렇지. 죽은 사람도 영화, 드라마, 다 보고 그래. 너희들 눈에는 안 보이지만 세상에는 사람의 숫자보다도 죽은 사람들의 숫자가 더 많아. 요즘 들어 역사 드라마, 사극이 부쩍 늘었던데, 죽은 사람들 즉 신명들이 제자리를 잡아가는 원시반본의 시대를 맞아 해원 즉, 소원풀이들을 하고 있는 것이지. 그런 영화들이 나온 데에도 신명 즉, 몸이 없는 사람들의 작용이 있는 것이고.

왜냐하면 생전에 못 이룬 일들을 대신하게 함으로서 대리만족을 하도록 하는 것이지. 지금이 대리만족 할 수 있는 시대 즉, 해원시대인 것이지."

성두와 연희는 단종의 그 말이 썩 와 닿지는 않는다.

"지금은 일러 줘도 모를 것이다. 이곳에 왔으니까 모든 것은 이곳에 맡긴다는 마음으로 쿨해 지거라. 그런 의미에서 너희

들로부터 들어보고 싶은 게 있다. 짐작은 하고 있지만 세상 사람들이 나를 뭐라고 하는지를……."

세상을 돌아다니고, 사람들 틈에 끼어 영화, 드라마 등을 다 보고 한다면서 세상 사람들이 자신을 어떻게 보는지가 궁금하다고?

연희가 머리를 내젓는다.

그렇더라도 단종의 궁금증에 대해 대답을 안 한다는 건 예의가 아닐 듯싶다. 이에 대해 연희가 나서주면 좋으련만…….

"안타까워들 하죠."

이심전심인가. 연희가 나서서 답변한다.

"너희들도?"

"저희도 그렇지요."

"그 때를 생각하니 나 또한 눈물이 날 것만 같구나. 그러나 말야, 한 나라가 이어져 가는 긴 역사 과정에서 희생되어질 수밖에 없는 필연적인 상황이라는 것이 있다. 그 주인공들 가운데서 나도 엮이게 되었던 것이지. 알고 보면 아무런 내력 없이 그런 일들이 벌어지겠느냐는 것이다. 세상 돌아가는 이치란 그렇게 단순하지가 않거든. 그런 이치를 안다면 세상사 모든 일들을 애통해하거나 슬퍼할 까닭이란 없는 것이지."

그렇게 말하는 단종은 비운의 임금 같지 않게 편안해 보이고, 의연하면서도 표정 또한 밝다.

"또 그런 일들이 있었기에 너희들과 내가 오늘 이렇게 만나지게 된 게 아니겠느냐?"

"……."

성두와 연희는 자신이 당한 험난한 과정을 이치로 풀이하는 달 관자 같은 단종의 해안에 할 말이 없다.

"이해 안 될 일이지."

묵묵부답인 연희와 성두에게 단종이 머리를 끄덕인다.

"이곳으로 오기 전에 다른 하늘나라를 다녀왔는데요?"

연희가 화제를 돌린다.

"그게 궁금했구나? 그래, 하늘도 여러 하늘이 있지. 그리고 이곳은 칠성별 가운데 파군이라는 별이고."

단종 또한 연희의 심중을 꿰뚫고 한 말이다.

"그럼 각각의 별마다 하늘이 따로 있나요?"

"물론이지. 지구에서 보면 지구 위의 하늘이 하나로 보이지 않더냐. 지구의 하늘이지. 그와 같이 별마다 하늘이 각각 있단다."

"우주는 하나로 알고 있었는데 하늘이 각각이라고 하니 이해하기가 어려워요."

"별이 됐든, 지구라는 별이 됐든 반경이 있지 않느냐. 그 반경이 하늘인 것이지."

그렇다면 저희가 각각의 반경을 다 돌아보아야 하나요?"

"그건 아니다. 모든 하늘은 평생을 가도 다 돌아볼 수가 없다."

"저희도 다 돌아보고 싶지는 않아요. 그 하늘이 그 하늘로 비슷한 것 같아서요. 다만 저희는 어서 집으로 돌아가고 싶다는 생각뿐이에요. 집으로 돌려보내주기나 할 것인지 걱정스러워요."

"당연히 보내주지. 너희가 이곳으로 와야만 되는 일이 있고, 또 가서 해야 되는 일이 있는데 보내지 않으면 일이 어찌 되겠느냐?"

"그 일이라는 게 뭔데요?"

"자연적으로 알게 된다."

"귀띔이라도 좀 해주면 안 돼요? 궁금해요."

"조급해하지 말거라."

연희는 개벽대장 또는 노인처럼 단종까지도 저리 나오니 답답하기 이를 데가 없다.

'일이라면서 그게 무슨 비밀이라고? 그 일을 성두와 내가 하게 된다면서……'

연희는 속이 부글부글 끓어오른다.

"알게 된다고 해도 그러는구나."

"그리 나무라지 마오."

단종이 역성을 들고 나선다. 단종의 그 애잔한 눈길이 사극의 한 장면과 겹치면서 코끝이 찡해진다.

"마음이 하해와 같으십니다."

노인이 단종에게 고마움을 표한다.

"우리 모두의 자손 아닙니까."

단종의 저 말에서 연희도 참 너그러우신 분이라는 생각이 든다.

"그리고 아까는…… 역사과정을 들어 상황이 그렇다고 말했던 것이지만, 내 목숨이 오락가락하는 그때의 상황을 어찌 말로 표현이 될 수가 있겠느냐. 그 한이 지난일이라고 그렇게 쉽게 사라지는 것도 아니고, 그때의 그 한은 몇 백 년이 지난 지금도 가슴에 쌓여 아프단다. 그 한이 너희와의 만남으로 풀어지게 되어 내게는 오늘이 소망을 이루게 되는 아주 중요하고도 중요한 날이란다. 너희들이 나에게는 고마운 존재지. 너희들을 만나 속을 풀어내게 되었으니 나로서는 한이 풀린 것이다. 즉 해원이 되어 원도 한도 다 풀어진 거지."

저 말씀은 또 무슨 뜻인가. 우리에게 지난 일을 들려줌으로서 한이 풀렸다고? 해소되었다고? 어떻게 그럴 수가…… 도무지 이해가 되지 않아 연희는 머리를 내두른다.

"그러니 너희도 나에 대한 일 마음에 담아두지 말아라. 그리고 잊어라. 맡은 일에만 전념하면 된다. 자 그럼……."

단종이 스르르 앞장서 간다.

노인과 단종의 뒤를 따라간 곳은 궁궐 앞이다. 임금이 거처하던 경복궁의 근정전보다 몇 배는 더 크고 화려하다. 또 궁궐 주위로도 수십 채의 작은 궁궐들이 있다. 아름답고 화려한 궁궐들을 둘러보는데 시간가는 줄을 모르겠고, 힘도 들지 않는다.

단종이 궁궐 가운데 조화정부라는 누각으로 다가간다.

영화를 보고 텔레비전도 보았지만, 그 어떤 곳에서도 볼 수 없고 형언할 수 없는…… 꽃동산과 황금빛 누각, 그저 환상적이라는 것 달리 표현할 말이 없다.

"저기서 지금 뭐해요?"

연희가 사람들이 들어차 있는 것 같은 누각의 실내를 가리키며 묻는다.

"신명조화정부 회의가 열리고 있단다."

단종의 말처럼 회의를 하고 있는 것으로 보인다.

"신명조화정부? 신명이라면 귀신 요? 귀신이 다스리는 하늘정부라는 거예요?"

엄청 많은 사람들(신명들)이 들어차 있는 것으로 보인다.

"그렇지. 이 우주 간의 모든 나라를 다스리는 곳이지."

"저희가 사는 지구도 요?"

"그야 물론이지."

"저희 지구는 위로는 대통령, 아래로는 국무총리, 그리고 각 부처 장관들로 구성되어 다스리고 있는데요?"

"그건 겉으로 드러난 현상인 것이고, 내적으로는 신명들이 각 사람을 조종하는 것이지. 사람들은 저마다 자신들이 한다고 생각할 테지만, 실제로는 신명들이 조종하고 있단다."

"어떻게 그럴 수가! 그렇다면 사람들은 허수아비에 지나지 않겠네요? 맙소사!"

연희는 어처구니가 없다.

"그러니까 제정신으로 한다고 볼 수가 없는 것이지. 신명들, 즉 죽은 귀신들이 각 사람에게 붙어서 벌이는 일들이니까. 해원 즉, 각자가 이루지 못한 것들을 이루도록 대신해 주는 것이니까."

"말이 안 돼요. 용납할 수 없는 건 신명들, 죽은 귀신들이 이 하늘에서 지상의 일을 어떻게 체결한다는 것이에요? 머리색, 피부색, 눈의 색, 옷차림이 각각 다른 나라 사람들을 말이에요. 회의 광경이 흥미로워 보이지만, 건물이 황금빛으로 가득차서 환상적이지만. 지구의 일을 머나먼 하늘에서 체결한다고 하니 도무지 이해가 되지 않고 믿어지지도 않아요."

신명들 가운데서 공자, 석가, 예수 등은 뚜렷이 알아볼 수가 있다. 그 밖에 얼굴과 이름이 생각나지 않지만 세상에 도인으로 알려진 신명들도 많다. 무엇보다 성두는 공자, 석가, 예수에 대해서는 호기심이 많다. 세계 각국에서 많은 이들이 신앙하고 있는 대상자들이잖은가. 몇 천 년 전의 대상자들을 한자리에서 보게 되다니.

"너희들은 공자, 석가, 예수를 어떻게 보느냐?"

성두의 감격에 단종이 묻는다.

"…… 잘은 모르지만…… 공자님은 인간으로서 예절을 갖춰 인간답게 살 것을, 석가모니는 부처라고도 하는데 남에게 자비를 베풀며 살라, 예수님은 하나님이 오신다, 그러니 서로 사랑하라고 하신 것 아니었나요?"

말을 하고 보니 스스로도 놀랍지 않을 수가 없다. 공자, 석가, 예수에 대해 그다지 생각해보지를 않았던 것 같은데 이처럼 꾀고 있었던 것처럼 말이 줄줄 나오다니.

"어쨌든 제대로 알고는 있구나."

단종이 대견해하며 머리를 끄덕여준다.

"한 가지 물어보마. 공자 석가 예수의 공통점이 무엇이라고 보느냐?"

"글쎄요, 공자님은 잘 모르겠고, 석가모니는 미륵부처가 온다고 하고, 예수님은 하나님이 오신다고 한 게 아닌가요. 한 분이

오신다고."

연희가 자신 없는 답을 하고 나선다.

"그래 틀리진 않았구나."

단종은 연희가 무안할까봐 해주는 말 같다.

"그렇다면 애민 아닌가요."

"역시!"

성두의 그 말에 단주가 엄지 척을 해준다.

"그렇지. 공자는 옥황상제가 오신다고 했고, 석가모니는 연희의 말대로 미륵부처가 오신다고 했고, 예수는 하나님이 오신다고 했다. 그렇다면 옥황상제는 누구고, 미륵부처는 누구고, 하나님은 누구겠느냐?"

"그건……?!"

성두와 연희는 순간 충격에 휩싸인다. 옥황상제, 미륵부처는, 하나님, 그 분들은 도대체가 누구란 말인가. 성두와 연희는 혼란스러워 머리를 내두르고 만다.

"그래, 너희가 어찌 알겠느냐. 생각해 보아라. 옥황상제, 미륵부처. 하나님, 이분들을 믿는 사람들은 저마다 옥황상제, 미륵부처, 하나님을 자신의 조물주라고 믿는다. 그렇다면 조물주가 세 분이나 되는 것 아니겠느냐. 조물주가 세 분이나 된다면 이 우주가 어떻게 되겠느냐?

"하늘은 여러 개의 하늘로 되어 있다면서요? 그 하늘들을 세 분이 나누어 다스리면 되잖아요."

ㅎㅎㅎ 여러 개의 하늘? 그건 별에 따른 각각의 하늘이고, 별들은 우주 안에 있다. 별들이 하나의 우주 안에 있는데 그런 우주를 세 분이 나누어 다스린다고? 그건 말이 안 되는 일이다. 한 나라에 대통령이 셋인 갓과 같은 것이니.

"그렇다면 단종 임금님은 세 분 가운데서 어떤 분이 조물주라고 생각하시는데요?"

연희가 당차게 반문하고 나선다.

"공자, 석가, 예수를 믿는 사람들이 저 분들을 각자 조물주로 믿지만 한 분이시다. 공자는 옥황상제라고 했고, 석가모니는 미륵부처라고 했고, 예수는 하나님이라고 했다. 그렇게 호칭이 각각 다른데, 나라와 문화권마다 언어가 다르기 때문이다. 선생님도 미국에서는 티쳐, 일본에서는 센세이, 중국에서는 씨부, 한국은 선생님이라고 하지 않느냐. 모두 한 분을 일컫는 말이란다. 호칭만 다를 뿐 한 분인 것이지. 정식 호칭은 삼신 상제님이시지. 환웅 천황 때부터 그 호칭으로 천제를 지내왔던 것이니까. 이제 이해가 되겠느냐?"

성두와 연희는 그제야 단종의 말에 머리를 끄덕끄덕한다.

"저기를 보거라."

단종이 신명조화정부쪽을 가리킨다.

무슨 중대한 결정이 내려질 것인가. 멀리서 보기에도 분위기가 심상치 않아 보인다.

"성두야."

"그래 나도 보고 있어."

"분위기가 어찌 으스스해 보이네."

"그러게. 그러니까 신명조화정부겠지. 지구상의 모든 나라를 다스린다는……."

"난 저 회의에서 지구의 개벽이 금방 결정돼 버릴까봐 걱정되고 무섭다."

"그렇게 쉽게 내려지겠어? 시간과 때라는 것이 있는데."

성두는 공연히 가재를 잡자고 해서 얼토당토않은 일을 겪게 해서 미안했다. 그 때문에라도 연희를 무사히 집으로 데려다 주어야 한다는 책임감에 마음이 무겁기만 했었다.

그런데 지금은 공자, 석가, 예수 등 그 외 오래 전에 세상 떠난 사람들로서 유명했던 이들을 한자리에서 볼 수 있고, 상제님에 대해서도 알게 되어 이곳에 온 보람이 있다 싶어 조금은 마음이 가벼워진다.

"저분들 가운데 너희들이 아는 분이 계시냐?"

단종이 조화정부 쪽을 보며 묻는다.

"저기 저 분 진표대사 같은데요?"

"그래 금산사에 미륵불상을 조성한 분이시지."

"금산사에서 봤어요. 그림으로요."

"그렇지. 그럼 신선은?"

"네, 여동빈이라는 신선은 책에서 봤고요. 그렇지만 그 분을 본 일은 없어요. 책에도 나오지 않았으니까. 그래서 저기 계시더라도 알아볼 수는 없어요."

"아 참, 저기 계신 분들은 귀신, 모두가 신선들이시다. 영원히 사시는 분들."

"영원히 산다고요? 죽지 않고요?"

"그렇지."

"어떻게 그럴 수가 있어요?"

"너희도 그리 될 것인데 뭘."

"저희가요"

연희가 소스라치게 놀라워한다.

"지금이야 실감이 나지 않지."

"그렇다면 저기 신명조화정부에 여동빈도 계세요?"

"당연하지."

"어디요?"

연희가 조화정부 쪽으로 발돋움을 한다.

"안쪽에 계셔서 잘 보이지는 않는구나. 그보다 여동빈에 대해 책에서 읽었다고 했지?"

"단종 임금님께서도 잘 아실 게 아니에요?"

연희는 하늘에선 모르는 게 없다고 해서 물어본다.

"나라고 뭐 다 안 다더냐?"

"시치미 떼시는 것 같은데요?"

"정말로 모른다~."

단종은 손사래까지 친다.

'정말요?'

연희는 믿을 수 없다는 듯이 머리를 내두른다.

"그렇다면……."

연희가 목청을 가다듬는다.

"여동빈이 하루는 빗장사로 변신해서 사람들한테 외쳤대요. 천 냥짜리 이 빗으로 머리를 빗을 것 같으면 흰머리가 검어지고, 빠진 이가 새로 나며 젊어진다고요. 그 말을 들은 사람들은 빗을 사기는커녕 미친 소리라며 손가락질을 해댔대요. 빗을 산 사람이 아무도 없었다는 거죠. 그러자 여동빈이 옆에 있는 할머니의 머리를 쓱쓱 빗겨주었대요. 그랬더니 정말로 그 할머니의 머리가 검어지고, 빠진 이가 나면서 젊어져버렸대요. 그제야 사람들이 너도나도 덤벼들어 빗을 사겠다고 야단들이었지만 여동빈은 하늘로 올라가버렸다는 거죠."

"사람들이 허망했겠구나."

"그랬겠죠. 저라도 그랬을 것 같아요."

"또 다음 이야기는?"

"기름장사로 변신을 했대요. 기름을 팔고 있는데 사람들이 모두 기름값을 깎으려고만 하더래요. 그런데 한 노파만 두말없이 달라는 대로 다 주고 사가더라는 거죠. 그래서 여동빈이 그 노파의 뒤를 따라가 봤대요. 가서 보니 아들하고 둘이서 어렵게 살고 있더라는 거예요. 그래 여동빈이 돌아 나오면서 그 집 우물에 쌀 한 줌을 집어넣고 왔대요. 그런데 그로부터 그 우물에서는 물이 아닌 술이 계속 나왔다는 거죠. 퍼내고 퍼내도 술이 계속 나오니까 노파와 아들은 그 술을 팔았고, 그로부터 부자가 되었다는 거죠."

"거 참 신기한 일이로고. 그래 부자가 됐으면 잘 살았겠구나."

"그렇게 되면 얘기가 됐겠어요?"

"그런가? 그럼 어찌 되었다는 것이냐?"

"얼마 후 여동빈이 그 집을 다시 찾아갔더라는 거죠. 그런데 노파는 어딜 가고 없고 아들만 있더래요. 그래 그 아들에게 사는 형편이 어떠하냐고 물었다는 거죠. 그랬더니 그 아들 하는 말이, 술을 팔아서 형편은 좋아졌는데 술찌꺼기가 안 나와 돼지

먹이가 없다고 불평을 하더래요. 그래 여동빈이 그 집을 나오면서 우물의 술기운을 싹 걷어버렸다는 것이고요."

"그럼 그 후에는 술이 안 나왔겠구나? 술기운을 걷어버렸으니."

"그렇죠."

"그럼 다시 어려워졌고?"

"당연하죠."

"욕심이란 그런 것이다."

성두는 단종의 장난기어린 질문, 그리고 연희의 짓궂은 답변 모두가 흥미롭다. 연희가 책을 많이 읽는다는 건 알고 있다. 그렇지만 신선에 대해서까지 읽었다는 건 알지 못했다.

"그럼 내가 한 가지 물어보자."

단종이 의미심장하게 나온 것에 연희가 긴장하는 눈치다.

"여동빈 신선이 빚 장사 또는 기름장사로 변신해서 사람들을 시험한 까닭이 무엇이라고 생각하느냐?"

"시험이라고요? 사람들을 시험했다고요?"

"글쎄요. 생각 한 해봤는데요."

"그러게요……."

성두와 연희가 머리를 갸웃한다.

"성두 너는 어찌 생각하느냐?"

그게 뭘까. 골똘해하는 성두에게 단종이 물어온다. 그 순간 퍼뜩 떠오르는 것에 성두가 대답한다.

"글쎄요. 심성이 좋은 사람을 찾는 게 아닐까 그런 생각이 드는 데요……."

"어떤 심성?"

"남에게 해를 끼치지 않는 바른 심성 요. 처음에는 못 믿어 하는 심성이고, 다음은 제값을 안 내려는 심성입니다."

"그렇다면 두 문제의 공통점은 무엇이겠느냐."

"불신이라고 생각합니다."

"제법이로구나. 심성, 바로 그것이다. 심성이 바른 사람을 찾으려했던 것이지."

"단종임금께서는 그 내용을 너무나 알고 계셨던 거네요?"

연희가 반격하고 나선다.

"아니다. 나는 내용과는 상관없이 여동빈 신선이 무얼 바라고 사람들에게 접근했을까를 생각해본 것뿐이다."

"그렇다고 믿어드리죠 뭐."

"놀리는 거냐?"

단종이 멋쩍게 웃는다.

"아직도 회의 중인 것 같은데 좀 더 가까이 가서 보면 안 될까요?"

"그건 안 될 일이다."

노인이 단호하게 나선다.

"그래 가까이서 보고 싶겠지. 두 번 다시 올 수 있는 곳이 아니니까."

단종이 연희를 두둔해준다.

"인류가 태생한 이래로부터 지금까지 도를 닦거나 공덕을 세운 신선들이 모두 모인 자리다. 그 가운데서도 너희가 꼭 알아두어야할 분이 계시지. 단주라고."

"어떤 분인데요?"

"신선이라기보다는 제왕이라고 해야 하겠지."

"이 하늘에 제왕 요?"

"실제로 제왕은 되지는 못했다."

"제왕이라면서 제왕이 되지 못했다니, 헷갈려요."

"그러하냐? 요는, 제왕에 올라야할 분인데, 안타깝게도 제왕에 오르지를 못했다. 그래서 살아생전에 이루지 못한 제왕에 대한 한을 해원도수로 풀고 계시는 것이지."

"그런 해원도수라면 단종 임금님께서 맡아보셔야 되는 것 아닌가요?"

"나는 임금의 자리에 오르기는 했다."

연희의 당돌한 질문에 단종이 완강하게 나온다.

"그렇다면 단주는 어찌해서 임금의 자리에 오르지를 못했던 건데요?"

성두는 자신과는 상관없는 일에 굳이 알려고 든다는 자체가 주제 넘는 일이다 싶어 묻기를 포기했다. 그런데 연희는 그게 아닌 모양이다.

성두는 회의 중이라는 신명조화정부의 누각 안을 살핀다. 마주앉은 두 신선이 바둑을 두고, 두 신선이 곁에서 지켜보고 실루엣이다.

"회의라고 하셨는데, 장기나 바둑을 두는 것도 회의가 된다고요?"

"그렇단다. 묘수인 것이지. 두 신선은 바둑을 두고, 두 신선은 훈수를 하고, 한 신선은 주인이 돼서 어느 편도 들 수가 없어 손님 대접만 하면 된다고 하셨다."

"어느 분이 손님 대접만 하면 된다고 하셨는데요?"

"상제님이시지."

"상제님 요?"

"아까도 말하지 않았느냐. 우리 민족에겐 상제님이 하느님이라고."

"상제님이라면 심청전 같은 옛날이야기에서 나오시는 분이신데요."

"그렇지. 선생님도 미국에서 부르는 호칭과 일본에서 부르는 호칭과 중국에서 부르는 호칭이 다르지 않느냐? 그와 마찬가지로 나라에 따라, 문화권에 따라 달리 불리지만 우주만물을 주관하시는 하느님의 공식 호칭은 상제님이시란다."

"……! 그럼 저희가 상제님도 만나볼 수 있나요?"

"뵙고 싶으냐?"

"당연하죠!"

연희의 당찬 답변이다.

"그렇지만 그렇게 쉽게 뵐 수 있는 분이시더냐."

"어째서요? 하늘에 계실 거잖아요?"

"우리도 뵙기 어려운 분이시다. 그런 분을 너희가 어찌……."

"……!"

연희가 뾰루퉁해 하며 조화정부 쪽을 본다.

"어쨌거나 바둑으로 해원도수를 보신다고 하셨는데요……?"

연희가 서운한 마음을 떨쳐내며 바둑을 둔다는 신선들을 건너다보며 묻는다.

"못 다 이룬 소원을 바둑에서 이룬다는 뜻이지. 단주가 누구냐? 아버지가 왕이면 자식이 왕위를 물려받아야 할 게 아니냐? 그런데 아버지인 요임금은 왕의 자리를 아들이 아닌 생판 남을 사위로 삼으면서 왕위를 물려주어버렸다. 거기다 아황과 여영이라는 두 공주까지 주어버리면서. 단주에게는 단지 논 밭 몇 마지기만 주었단다. 그 세나 받아먹으며 바둑이나 두고 살라면서. 산골로 쫓겨난 단주가 무엇을 할 수 있었겠느냐? 그래 바둑으로 세월을 보낸 거지. 단주가 바둑을 처음으로 두었으니까 바둑의 시조는 단주가 되는 거고. 모두가 잘사는 대동 세계를 이루려했던 왕자가 바둑으로 세월을 보내야 했으니 그 한이 어떠했겠느냐. 다행히 상제님께서 아시고 단주의 그 깊은 한을 해원도수로 풀도록 해주신 것이지."

말을 마친 단종의 얼굴이 어두워진다.

"단주도 나처럼 비운의 왕자가 아니냐. 단주, 단종, 이름도 나와 비슷하구나. 수난도 그렇고……."

단종의 심각해하는 표정에서 이름을 들어본 적이 없는 단주라는 왕자의 한이 얼마나 컸던가를 생각해본다.

"그런데 말이야…… 다른 사람이 아닌, 아버지로부터 버림을 받은 것이니 그보다 절통한 일이 어디에 있겠느냐. 그로부터 두어 온 바둑을 지금까지도 저리 두어오고 있으니……! 그렇지만 이번에는 상황이 다르지. 한 맺힌 바둑이 아닌 모두가 잘사는 세상을 만들어가는 해원도수 바둑을 두고 있는 것이니까. 세상은 단주가 두는 오선위기 판도로 돌아가고 있고 결론도 그렇게 날 것이다. 상제님께서 세상 돌아가는 판을 오선위기 도수로 짜

놓으시고, 단주에게 그가 바라는 세상을 만들어 가도록 맡기신 것이니까."

'오선위기? 오선위기는 또 뭔데?'

또 다른 무엇이 펼쳐진다는 건가.

"해가 지면 판과 바둑은 주인에게로 돌아온다. 당연히 모를 일이지."

"……."

"바둑은 이기기 위해 두는 것 아니냐?"

"그렇죠."

"그런데 바둑판이 주인에게 돌아간다. 그렇다면 그 뜻 아닌가요?"

"제법이로구나."

단종이 대견해하며 성두를 바라본다.

"너희는 태어날 때부터 초립동이 도수가 맡겨졌다. 그 정도로 중차대한 일인 거지."

"중차대한 일이라고 하시지만 저희는 알지도 못할 뿐더러, 실감도 안 되고요."

"그럴 테지. 그러나 곧 알게 된다. 그 때문에 너희가 이곳에 오게 된 것이니까."

"그렇다면 저희들이 단주 해원도수와도 관련이 있나요?"

"너희에게 도수도 주어질 것이다."

"도수요? 안경 도수는 아닐 것이고, 그렇다면 그게 뭔데요?"

"음…… 이를테면…… 어떤 사람이 죽는 것도 그 사람이 죽는 도수이고, 어머니가 아이를 낳는 것도 낳는 도수이고, 시집가고 장가가는 것도 그 도수에 따라서 이루어지는 것이니…… 도수란 그런 것이다. 세상은 당장 먹고사는 일로 바쁘고, 눈에 보이는 현상만을 쫓느라 도수를 생각할 머리들이 없는 거지. 지금까지 수많은 선인이나 도인들이 눈에 보이는 현상이 다가 아니라고 알려줘도 그걸 받아들일 머리와 마음이 없고, 오직 물질만을 쫓아가고 들 있지. 안타까운 노릇이지. 이제는 도수가 차고 있어 도리가 없느니라. 너희를 찾을 분이 계시니 명심하고."

"……"

성두와 연희로서는 도무지 알 수가 없는 일이다.

"지금으로선 모를 테지만……."

성두는 바둑을 두는 형식으로 세상이 둥글어가고, 해원이 된다는 것이 이해가 되지는 않지만 훈수는 쉽게 이해가 된다. 실제로 장기나 바둑을 두는 옆에서 당사자가 보지 못하는 걸 지적해주거나 한 수 가르쳐주는 일은 직접 두는 것 못지않게 흥미롭고 재미가 있다. 사활을 건 훈수꾼들끼리의 대결, 직접 두는 것 못지않은 대리만족이라고 해야 할 것이다. 그러고 보면 해원도수라는 것도 이와 비슷하지 않을까. 그렇게 짐작이 될 뿐이다.

어쨌거나 바둑을 두는 양쪽에서 각각의 신선들이 바둑판을 들여다보며 훈수를 두고, 그 곁에서 한 신선이 시중을 들고 있다. 바둑 두는 판도로 세상이 돌아간다, 천하를 다스린다, 대동세계를 이룬다. 단종의 말대로라면 대통령이 되지 않고도 바둑을 두는 것으로 나라를 다스린다는 얘기가 된다. 그렇다면 대통령 뿐 아니라 자신이 이뤄내고자 하는 것도 바둑을 두는 것으로 성취할 수 있다는 게 되잖은가. 바둑판이라는 한계가 있긴 하지만, 도저히 바라다볼 수 없는 꿈을 바둑판에서 이루어낸다면 그것도 소원풀이 수단으로는 썩 좋은 방법이라는 생각이 든다. 정신적으로 보면 그것도 성공은 성공일 것이니까.

"단주가 의도한 그런 세상이 정말로 이루어지는 건가요?"

"아무나 바둑을 둔다고 해서 이루어질 수 있는 건 아니고, 세상 어디에도 단주만큼 크고 깊은 원한이 없다. 그래서 상제님께서는 그 기운으로 도수를 붙여주신 것이지. 해원도수는 천지공사로서 오직 단주만이 맡아볼 수 있도록 말이다."

'천지공사?'

"지금으로선 납득이 되지 않을 것이다."

너무 많은 이야기를 나누어서인가. 피곤한 생각이 든다.

"집을 짓자면 우선적으로 필요한 것이 무엇이겠느냐?"

"그야 설계도죠."

성두가 뚱딴지같은 질문에 발끈해서 대꾸해버린다. 초가집을 짓더라도 설계도 없이 지을 수 있는 일이던가.

"그와 같다."

"……."

질문하기를 포기해 버렸는가. 연희가 입을 꾹 다물고 만다. 아니면 바둑에 대해 모르거나 취미가 없는가. 알거나 취미가 있다면 결코 가만있을 연희가 아닌데. 여자이기 때문인가. 남자들은 어려서부터 동네 어른들이 장기나 바둑을 두면 재미로 들여다보면서 배우게 된다. 하지만 여자들은 그런 것엔 관심 없이 그냥 지나쳐버린다. 연희도 그런 것인가.

"이건 예정에 없던 일인데……."

연희는 하늘나라의 법도라는 것이 한 치의 오차도 없는 것으로 알고 있는데 예정에 없는 일이라고 하니, 갑작스럽게 무엇인가를 끼워 넣으려는 건 아닐지…… 예를 들면 예정에 없던 사람을 만나게 해서 공부를 시키려 한다 던지…….

"단주에 대해 궁금증이 안 풀리는 모양이니 말이다. 단주는 모든 사람들이 한마음이 되어 평화롭고 잘 사는 그런 세상을 만들고자 했다. 그리하여 많은 사람들을 만나고 세상을 두루 돌아다니면서 돌아보았지. 그런데 요임금은 자신처럼 야심적이지 않고, 이상만 가지고 논다면서 못마땅해 했던 것이지. 그러던 중 자신과 비슷한 성향의 순이라는 신하를 만났던 것이고. 그래 자신의 야심을 이루어 주리라 믿고, 두 딸까지 주면서 왕위를 물려주어 버렸던 것이지."

단종의 그 말에는 감정이 들어있어 보인다.

"그 한이 얼마나 크고 깊었으면 구천에 계신 상제님한테까지 가 닿았겠느냐."

단종이 침통해한다.

"단주만 생각하면 왜 이러는지 나도 모를 일이다. 단주의 한, 나의 한, 그 한이라는 것 때문이 아니겠느냐."

"모든 인간이 갖는 한 아닌가요."

"연희야~."

성두가 그만하라는 뜻으로 연희의 옆구리를 쿡 찌른다.

"아니다. 날 귀신으로 여기지 않고 육신을 가진 사람으로 생각해주니 오히려 기분이 좋구나!"

"그러시다면 저희와 함께 내려가시는 게 어떻겠어요?"

그때 신선이 아닌 듯싶은 남자가 다가온다.

"이제 끝이 났습니다."

남자가 단종에게 보고하듯 말한다.

"끝이 나긴 했는데……."

"끝이 나긴 했는데?"

"조화정부에서 한 분을 제외시킨 사건이 벌어졌습니다. 환부역조를 조장했다는 것으로. 조화정부에 드는 것을 모두가 반대를 했다는 것입니다."

"결국 그렇게 되었구먼. 직접 시킨 일이 아니라 하더라도, 조상을 박대하는 기운을 지금까지 뿌려왔으니…… 조상신명들이 그냥 넘어갈 리 없지. 비명횡사한 나는 그래도 선대 왕조들과 함께 극진히 받들어주니 거기에 대한 한은 없다만……. 보아라. 지금까지 조상을 받들어주지 않은 자손들이 얼마나 많으냐? 환부역조의 죄에 걸리면 그를 추종하는 모든 인간들이 다치게 되지."

'이건 또 뭔 소리람?'

성두는 하늘을 우러러 참담해하는 단종의 모습에서 뭔가 심각한 사태가 벌어지지 않을까 싶은 불안감이 엄습해든다.

"환부역조란 조상과 부모를 바꾸거나 박대하는 것을 말한다."

단종이 설명을 덧붙여준다.

환부역조로 조화정부에서 신명이 신명을 제외시킨다? 그렇다고 보면 이 하늘나라도 결코 평화롭고 살기 좋은 곳만은 아니지 않겠는가 싶은 생각이 든다. 사람들은 살기가 힘들면 죽어야지, 죽어야지 한다.

그런데 보니 이 하늘나라에도 인간세상과 마찬가지로 법도라는 것이 있어 그 적용을 받으며 살아가는 게 아닌가. 그러니 죽어야지, 죽어야지라는 말은 하지 말아야겠다 싶다.

'그렇다면 배제당한 신명은 누구란 말인가?'

바둑에는 별로이던 연희가 신명이 신명을 제외시킨다는 것에 대해서는 관심이 가는 모양이다.

"그 정도만 알아두라."

성두도 어느 신명이, 아니 신선이 배제되었는지가 궁금하다. 그런데 단종은 더 이상 알려주지를 않는다.

"잘하셨습니다."

잠자코 있던 노인이 단종 앞으로 다가간다.

"벌써 그리 되었군요. 시간 가는 줄을 몰랐습니다."

"예, 저도 재미나게 잘 들었습니다."

그렇구나. 노인도 단종에 대한 이야기가 처음이었다는 것이니.

"내 임무는 여기까지다."

또 헤어질 모양이다. 아쉽고 섭섭하지만 이곳에선 헤어지지 않을 수 없는 것이 성두와 연희 자신에게 주어진 운명이니 도리가 없잖은가.

"단종임금님에 대해 많은 걸 알려주셔서 감사합니다."

성두가 공손하게 하직인사를 한다.

"단종 임금님. 수양대군도 이곳에 계신가요? 만나기도 하시나요?"

연희가 급하게 궁금증을 들고 나선다. 단종에게는 임금님이라는 호칭을 붙이면서, 세조에게는 수양대군이라고 비하하면서.

"무엇을 궁금해 하는지는 알겠다. 하지만 세상 돌아가는 이치란 너희들 생각처럼 그렇게 간단한 것이 아니란다. 윤회를 하고 또 하는 과정에서 전생, 전, 전, 전, 전생의 삶들이 얽히고설켜 세상에 드러나게 되는 것인데…… 그런 과정에서 수양 삼촌으로서도 어찌하는 수가 있었겠느냐. 얽히고설킨 일들이 풀려나가는 과정에서 벌어진 일들을 무슨 수로 비켜나갈 수가 있었겠느냐. 나도 이 하늘에 와서야 그걸 알게 되었다."

"그렇다고 밉지도 않으세요?"

"죄는 미워도 사람은 미워하지 말라는 말도 있지 않느냐. 더구나 끊으려야 끊을 수 없는 조상과 자손의 관계이니만치. 나도 내 뜻을 펼쳐보지도 못하고 생을 마친 일이 어찌 한이 되지 않았겠느냐. 그러나 그게 이치인 걸 어찌하겠느냐. 당부하마. 남에게 해 끼치지 말고 순리대로 살아라. 남에게 해를 끼치면 그 해가 반드시 돌아오게 되거든. 그게 세상 이치다."

"알겠습니다. 죄송합니다."

연희가 공연히 지난 일을 들추어 단종에게 상처를 들추었다 싶었는지 머리 숙여 사과를 한다.

"죄송할 일이 무엇이냐. 괜찮다. 잘 가고 다음에 보도록 하자꾸나. 그럼……."

"이분들에게도 인사 올려라."

노인이 사육신들을 가리킨다.

단종과 사육신들에게 작별인사를 하고나서 노인과 함께 밖으로 나온다.

밖으로 나오고 보니 단종과의 애잔한 만남이 사실이었던가 싶으리만치 바깥세상은 너무나 말짱해서 아쉽고 허전하다는 생각이 든다.

"타시지요."

마차를 단 백마와 함께 모습을 드러낸 남자가 노인에게 권한다.

하늘에 오를 때와는 다르게 백마가 끄는 황금마차다.

"타자꾸나."

노인이 먼저 사뿐히 올라앉는다.

성두와 연희도 스르르 붕 떠서 노인 뒷자리의 의자에 걸터앉는다.

마차가 붕 떠올라 하늘을 난다. 끝 간 데 없는 파란 하늘, 손에 잡힐 듯 빙글빙글 떠다니는 행성들, 두둥실 떠다니는 솜사탕 같은 구름들, 신비롭게 흐르는 우주 소리들. 성두와 연이는 아무런 생각 없이 무아지경 속으로 깊이 빨려 들어버린 기분이다.

태호복희

　우주 유영을 하던 마차가 아래로, 아래로 내려앉는다. 규모가 꽤 큰 황금으로 만들어진 것 같은 궁궐 앞이다.
　"내리자."
　노인을 따라 마차에서 내린다.
　주목나무들이 병풍처럼 둘러서있고, 앞뜰은 소나무, 단풍나무, 석류, 모과 그 밖에도 이름 모를 정원수들이 울창하게 우거져 있다. 지상의 것과 다를 바가 없는 나무들이다. 반짝반짝 윤기가 나는 이곳의 나무들이 성두와 연희를 소리 없는 박수로 환영하고, 꽃들은 함박웃음을 지어 보이고, 궁궐 앞을 반짝이며 흘러가는 강물, 조화롭게 어우러진 그림 같은 전경이다.

황금기와 궁궐로 들어선다.

궁궐 정원으로 들어서는데 대형 말의 동상이 떡하니 버텨 서 있다.

"단종 임금님이 계신 곳도 좋았지만 이곳은 더 근사하네요. 저 말도 멋지고요."

"그러냐? 이곳에 계신 분이 더 높으신 분이시지."

'더 높으신 분이시라면? 상제님?'

"아니다!"

연희의 의중에 노인이 단호하게 말한다.

"그렇다면 누구신데요?"

연희로서도 상제님(하느님)은 단 한 분이시며, 우주를 주관하시는 그 한 분을 함부로 입에 올려서야 되겠냐 싶은 생각은 드는 것이다.

"하늘은 몇 나라나 돼요?"

"구천이란 말 들어봤느냐?"

"네 어른들로부터요. 구천에 사무친다고 하던데, 그 하늘들인가요?"

성두가 묻는다.

"그렇단다. 하늘은 아홉으로 되어있고, 제일 높은 곳이 구천이지. 상제님이 계신 구천 하늘. 사람은 칠성으로부터 태어난다고 하지 않더냐? 칠성들 중에 구천이 있다. 앞으로는 십 천도 있다."

"하늘이 더 생기는 건가요?"

"생기는 게 아니고 지구가 십 천이 되는 것이다."

"예?! 지구가 십 천요? 지구는 하늘 저 아래에 있잖아요?"

"변혁이 되고 나면 위아래가 바뀌게 되지."

"뒤집혀버린다고요? 그렇다면 그런 처지에서 사람이 어떻게 살 수가 있어요? 너무 무서워요."

"그러나 걱정 말거라. 그래서 너희들에게 해야 될 일을 맡기는 게 아니겠느냐."

"저희가 무슨 일을 하게 되는데요?"

"차차 알게 될 일이다."

노인이 문 앞으로 다가간다.

"들어가자꾸나."

스르르 열린 문 안으로 노인을 따라서 들어간다. 흰색의 투명한 유리로 된 실내, 밖에서는 안이 보이지 않았는데 안에서는 바깥전경이 훤히 바라다 보인다.

장식이라곤 전혀 없는 단조로운 실내가 바깥 전경을 그대로 안으로 끌어들여 자연 속에 들어 있는 것 같은 느낌을 준다.

"어서 오세요."

나이 지극한 남자가 다가와 노인과 연희와 성두를 반긴다. 남자 주변에 호위무사인 듯한 백여 명의 선남선녀들이 서있고.

둥글넓적한 얼굴에 쌍꺼풀이 뚜렷한 남자는 백발이긴 해도 그다지 길지 않은 머리와 수염으로 귀신 아니, 신선 같은 친근한 모습이다.

"이 아이들인가?"

"예, 이 아이는 성두고, 이 아이는 연희라고 합니다."

노인이 성두와 연희를 소개하며 정중하게 인사한다.

"너희도 인사 올려라. 태호복희 할아버지시다."

태호복희 할아버지? 그렇다면 이 분도 조상 할아버지? 태호복희, 성두로서는 듣도 보도 못한 성함이다. 그렇지만 누구인지는 몰라도 노인이 인사를 하라고 하니 연희와 함께 몸을 숙여 절을 한다.

"어떻게 되시는데요?"

연희가 자신의 조상 할아버지가 아닌가 싶은 모양이다.

"5천6백 년 전의 시조 할아버지시다."

"5천6백 년 전 할아버지요?"

연희가 거의 기절초풍할 지경이고, 성두 또한 놀라자빠질 지경이다.

연희는 자신의 조상 할아버지는 그만두고 5,600년 전의 할아버지라는 것에 혼비백산할 지경이고, 성두는 아무리 하늘이라지만 5,600년이나 되는 분이 계시다는 것에 아연실색할 지경인 것이다.

"너희로서는 엄청나겠지만 우주 1년으로 보면 6개월에 불과한 세월이다. 그보다 너희, 태호복희 존함에 대해 들어보기는 했느냐?"

"아뇨, 전혀요."

"이런, 이런! 세상이 저렇다니까. 참으로 죄송스럽게 됐습니다."

노인이 탄식하며 태호복희 할아버지에게 몸을 수그린다.

"세상이 그리 굴러온 걸 어쩌리오."

태호복희 할아버지는 개의치 말라는 투다.

"그에 대해서는 제가 설명하는 게 좋겠습니다."

태호복희 할아버지 옆에 서있던 한 남자가 나선다.

신선복 차림에 머리가 하얀 노인이다.

"역사를 모르고, 시원을 모르고, 조상을 몰라 이렇게 돼버렸으니……"

남자가 한탄스러워한다.

남자의 그 말에 성두는 영문을 모른 채 죄인이 돼버린 기분이다.

"너희 탓이겠느냐."

남자가 성두와 연희를 번갈아보며 안심을 시킨다.

"나로 말하면, 태호복희 할아버지와 함께 같은 시대를 살았지. 지금으로부터 5,600년 전에……."

'긴 말 그만두고 어서 본론으로 들어가기나 했으면…….'

"그러자꾸나."

에구…… 또 속을 들킨 것에 성두는 가슴이 움찔해진다.

"한국은 자신들의 조상을 팽개치고, 중국은 남의 조상을 훔치고."

"그게 무슨 말씀이세요?"

무슨 말인지를 모른 성두가 따지듯이 묻는다.

"보여주게."

순간 화면으로 변한 벽면에 궁궐 비슷한 건물이 드러난다.

건물 앞에 많은 사람들로 인산인해기 이루어져 있고, 기다랗게 줄지어 선 사람들은 분향을 하고 있는 모습들이다.

이어 카메라를 들이대듯 실내가 비쳐진다. 앞면에 태호복희 할아버지로 보이는 화려한 금빛의 커다란 좌상이 나타나는데,

태극무늬의 상패를 안은 모습으로 떡 벌어지게 앉아 있는 모습이다.

화면은 다시 궁궐 밖을 비춘다.

"무엇이라 쓰였느냐?"

남자가 궁궐 정면의 한문을 가리키며 묻는다.

"인문시조태호복희대전이라는 글입니다."

성두는 어려서 할아버지로부터 배워 한문을 어느 정도는 안다.

인문시조태의 글자를 확인한 성두는 태자를 통해 태호복희일 것으로 짐작하면서 답한다. 다음의 대전이라는 글자도 안다.

"그래, 인문시조태호복희씨대전 글자가 맞다. 인문시조는, 인류 문화를 창시한 원조라는 뜻이다. 조선에서는 태호복희가 누군지도 모르고 중국은 저와 같이 태호복희 할아버지를 저희 조상으로 만들어놓아 버렸다. 그건, 저희 역사가 세계에서 가장 오래되었다는 걸 만천하에 공표할 목적인 것이지. 애통한지고."

"잘 몰라서 그런데요…… 중국이 저토록 자기네 조상으로 모시는데 그렇다면 우리 조상이라는 건 어떻게 증명할 수가 있나요?"

"조선은 동이족이다. 태호복희 할아버지도 동이족이고. 그게 증명이다. 중국은 동이족이 아니니까. 중국도 태호복희 할아버지가 동이족임을 인정하고 있단다. 신농씨도 동이족으로 인정하고 있는 것이고. 그럼에도 자기네 조상이라고 우기고 있는 것이지."

"에구!"

연희는 우리가 못나 빼앗겼다고 생각하니 부아가 치민다.

"알려주셔서 감사하고, 빼앗겨서 죄송합니다."

"너희들 탓이겠느냐. 배웠다는 놈들 잘못이지."

남자가 자애롭게 안심을 시킨다.

"이걸 받으십시오. 저는 이것으로……."

태호복희 할아버지에게 막대를 넘긴 남자가 자기 자리로 돌아가고, 위에서 뭔가가 내려온다.

가로 세로가 150cm 정도 되는 하얀 바탕에 검은 점들이 찍힌 두 개의 그림이다.

"이거 본 일 있느냐?"

노인의 물음에 성두가 머리를 내젓는다.

"할애비한테 공부를 하도록 하였더니 저만 조금 하는 체하다 와버리고 말았으니……."

한스러워하는 노인의 그 말에 성두는 살아생전의 할아버지가 떠오른다.

할아버지는 돌아가시기 전에 공부를 많이 하시는 것 같았다.

그런데 저런 그림을 가지고 공부를 하셨다면 손자인 자신에게는 왜 알려주시지도 않으셨을까. 섭섭한 마음이 든다.

"그래도 이곳에서 배우게 되었으니 다행 아니냐."

성두의 아쉬움에 노인이 위로해준다.

할아버지는 한문을 가르친 훈장이었다. 그런데 점점 한문을 배우겠다는 학생이 줄어들면서 서당 문을 닫게 되었다.

"해마다 제를 올렸을 터인데 그건 아느냐?"

"예. 지금도 올려요. 시제도 올리고요."

"그건 잘하고 있구나."

성두의 고향 서당 골에선 해마다 가을추수와 김장이 끝나는 시기에 맞춰 천제를 올린다.

좋은 날을 택해 방죽 옆 제당에서 돼지머리를 비롯하여 갖가지 음식을 진설하고 올린다.

제를 올리는 날은 온 동네가 축제의 장이 된다. 아이들은 볼거리, 놀 거리, 먹을거리가 풍부해서 즐거워들 한다. 어른들은 또 봄, 여름, 가을 내내 농사지은 것으로 정성껏 제를 올리면서 한 해를 마무리하며 감사를 표한다.

서당 골 방죽은 마을의 생명줄이다. 비가 너무 많이 내리면 물난리를 막아주고, 가물면 가두어 놓은 물을 흘려보내 농사를 짓게 한다. 그래서 어른들은 가뭄이 심하게 들면 제를 올리고,

방죽이 감당 못하리만치 비가 많이 내려도 제를 올린다. 그로 인해 방죽은 서당 골의 보물 1호다.

"그게 바로 하늘의 상제님께 제를 올리는 것이다. 하늘에서 조상이 60년 동안 들인 공과, 제를 올린 공덕으로 네가 이곳에 오게 된 것이고."

성두는 노인의 그 말에서 아직은 모를 그 막중한 일이라는 게 무엇인지가 궁금해진다.

"하도낙서를 공부한 네 조부가 우주의 이치를 깨달아 하늘에 제를 올렸고…… 그런 인연이 있어 네가 태호복희 할아버지를 만나 뵙게 된 것이다."

"그렇다면……."

막대를 든 태호복희 할아버지가 그림 앞으로 다가선다. 풍채 좋고, 텁수룩한 수염에 인자해 보이는 얼굴이다. 태호복희 할아버지를 몰랐을 때는 별다른 생각이 없었다.

그런데 조상님이라는 것 때문인지 태호복희 할아버지에 대해 각별해진 마음이다,

"이것이 하도고, 옆에 있는 것은 낙서다. 낙서는 또 다른 분이 알려줄 것이지만 너희들에게 도서관을 설명해 주고자 미리 준비해놓았다. 너희들 도서관에서 공부하지 않느냐? 도서는 책을 일컬음인데, 도는 하도의 도에서 땄고, 서는 낙서의 서에서 따

붙인 명칭이다. 그 어원도 모르면서 도서관, 도서관 해왔을 테지?"

'도서관의 어원이 하도낙서라고? 도서관이라는 명칭이 저 두 개의 그림에서 나왔다고?'

성두는 막대를 짚어가며 하는 태호복희 할아버지의 설명에서 놀라움을 금치 못한다.

그런데 학교에서는 왜 저와 같이 어마어마한 공부를 가르쳐주지 않은 것일까. 허긴. 내나라 역사도 팽개쳐버린 판국에 어원 따위를 가르쳐줄 전문인이 있기나 할까. 거기에 생각이 미치자 잘못된 교육에 대한 분노가 불끈 인다. 그렇다면 자신이 공부를 해서 알려주어야겠다고 다짐한다.

"그래 너희라도 바로 알면 된다."

성두는 태호복희 할아버지의 그 말에 용기를 얻는다.

"너희에게 하도낙서에 대해 알려주려는 건, 이 우주가 둥글어가는 이치를 알아야 하기 때문이다. 우주가 둥글어가는 이치도 모르면서 천하사 일을 할 수가 있겠느냐?"

오른쪽 그림을 막대로 짚으면서 설명하는 자상함이 여느 할아버지와 다를 바 없는 모습이다.

우주이치? 손톱만한 저 동그라미에 우주 이치가 들어있다?

하도낙서 어원에 놀란 가슴이다. 그런데 바둑돌 같은 저 그림에 우주이치가 들어있다는 것이니 기절초풍할 일이다.

"오천 육백년 전이다. 천제를 올리고 나서 천하라는 강으로 갔었단다. 그런데 강에서 용마가 나오지 않겠느냐. 그 등에 저런 동그란 모양의 선모가 들어있던 것이다. 모양이 예사롭지가 않았다. 그래 그 그림을 옮겨 그리게 되었느니라. 그려놓고 보니 저런 모양이 되더구나. 하늘의 계시가 아니고서야 저런 모양의 선모가 나올 수가 없는 것이지."

"그런데 용마는 무엇이고, 선모는 무엇인데요?"

"그래 궁금할 테지."

노인이 성두의 질문을 대견스러워한다.

성두를 바라보는 태호복희 할아버지의 눈길 또한 자애롭기 그지없어 보인다. 태호복희 할아버지의 그 자애로운 눈길에 불안감이 스르르 녹아내린다.

"용마는 물에서 나온 말이다. 너희 용궁이란 말 들어봤느냐?"

"예. 옛날얘기에 용궁이 나와요."

"그렇다면 너희는 용궁이 실제로 있을 것으로 보느냐, 없을 것으로 보느냐?"

이 하늘에 오기 전이라면 미신으로 치부해버리지 않았을까. 그러나 지금은 상식적으로 이해 안 되는 하늘에 와있다. 이 사실을 만일 사람들한테 들려준다면 믿지 않을뿐더러 미친 사람

취급을 해버릴 것이다.

"그럴 테지. 그러나 분명한 건, 이곳 하늘이 존재하듯 용궁도 존재한다. 너희 들어오다 말의 동상을 보지 않았느냐."

"예 봤어요."

"여느 말과 다른 점이 있었을 것인데?"

"글쎄요……."

"그래 보이지 않았던 게로구나."

성두와 연희는 건성으로 보아 넘긴 것에 무안해지고 만다.

"그 말은 물에서 나온 말이 돼놔서 용마다."

"물에서 말이 나와요?"

"그러니까 몸에 비늘이 있는 거지. 이따 돌아갈 때 잘 살펴보려무나."

"그렇다면 선모는 요?"

"선모는 털이지. 너희들 머리에 가마 있지 않느냐? 그것과 같다. 그게 선모인 게야."

"용마의 몸에는 비늘이 있고, 거북이의 등에는 털이 있다?"

"그래. 모양은 모두 선모로 되어있었다."

"너무 신기해요."

"신기하고말고."

"이제 알았으니 설명해 보거라."

태호복희 할아버지가 성두에게 빙긋이 미소를 지어 보인다.

"제가 어떻게 설명을 할 수가 있겠어요? 알지도 못하는데요~!! 본 건 고사하고 배운 일도 없고요."

성두가 소스라치게 놀라워한다.

본 건 고사하고 배운 일조차도 없지 않은가.

"할 수 있어요. 막대를 받으면요. 그게 조화예요."

한 두 사람의 목소리가 아닌 합창으로 청해온다.

소리의 진원지를 찾던 성두는 선남선녀들인 것에 눈이 휘둥그레진다. 눈부시게 새하얀 선남선녀들. 그들이 권유를 한다.

"봤느냐. 응원을 하고 있지 않느냐. 어서."

노인이 재우치고, 태호복희 할아버지는 느닷없는 상황에 어찌할 바를 몰라 하는 성두에게 막대를 쥐어준다.

"어서."

그런데 별일이다. 태호복희 할아버지로부터 막대를 받자마자 언제 두려웠더냐 싶게 자신감이 불끈 솟는다.

그 자신감에 힘입은 성두가 그림 앞으로 스르르 다가간다.

"그래요, 그래요!"

선남선녀들이 한목소리로 환영하고 나선다.

"저 그림의 위는 남쪽입니다. 남쪽에 2개의 까만 점과, 동그

 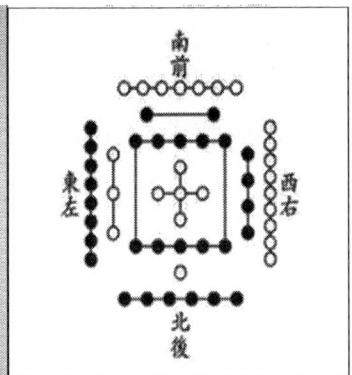

라미로 표시된 7개의 흰 점을 보십시오. 수로는 2와 7, 화(火)에 속하는 것으로 여름을 나타내고 있죠."

별일이다. 자신감에 자연스럽기까지 하니 성두는 이 현상에 스스로도 놀라울 따름이다.

"여기 아래는 북쪽이 됩니다. 동그라미로만 표시된 1개의 흰 점이 있고, 6개의 까만 점이 있죠. 저건 수로서 1과 6으로 겨울을 나타내고 있죠. 또 1과 6은 수(水)로서 씨앗을 나타냅니다."

성두가 막대로 짚어가며 자신감 있게 설명해나가고, 연희는 성두의 자연스러움과 자신감에 놀라움을 금치 못한다.

성두는 설명을 계속해서 이어진다.

"여기 왼쪽을 보십시오. 동쪽입니다. 동그라미로만 표시된 3개의 흰 점에, 8개의 까만 점이 있습니다. 수로서는 3과 8이죠. 3과 8이란 목木으로서 봄을 나타내며 생명의 태동을 의미합니다."

"그렇다면 까만 점은 무엇이고, 흰 점은 무엇이에요?"
듣고만 있던 연희가 질문을 하고 나선다.
"흰 점은 양이고, 까만 점은 음을 표시한 겁니다."
연희의 질문에 성두의 답변이 막힘이 없다.
"음과 양이라고요?"
"그렇습니다."
"음과 양의 뜻은요?"
"남자와 여자, 빛과 그늘. 플러스와 마이너스 등등……."
"그렇다면 음과 양은 어떻게 해서 생기게 된 건데요?"
"대표적으로 음과 양은 하늘과 땅이 되죠."
'그렇지. 꼼짝할 수 없는 진리.' 머리를 끄덕이는 연희.
"하늘은 양, 땅은 음. 빛은 양, 그림자는 음. 해와 달, 남과 여, 1과 2, 낮과 밤 등으로 구분이 된 거죠."
성두가 음과 양에 대해 명쾌하게 답을 내린다.

연희는 배운 일이 없는 성두의 저 같은 실력이 어떻게 되었다는 것인지 도무지 믿어져지지가 않는다. 둔갑술? 혹시 그런 게 아닌가 싶은 것이다.

"연희 너도 할 수 있어."

나지막한 성두의 말에 연희는 가슴이 두근거린다. '성두까지 남의 의중을 꿰뚫게 되었나?

"그렇다면 물어볼게. 하도와 낙서는 뭐가 달라?"

연희가 하늘에 오르기 전의 친구로서 묻는다.

"하도는 후천 즉, 다음 세상을 나타낸 상이고, 낙서는 선천 즉, 지금 세상을 나타낸 상입니다."

연희는 성두에게 존댓말을 쓰지 않은 반면, 성두는 연희에게 존댓말로서 답한다.

성두의 설명은 계속 이어진다.

"여길 보십시오. 이 오른쪽은 서쪽에 해당이 됩니다. 4개의 까만 점과 동그라미인 9개의 흰점이 있고요. 수로서 4와 9죠? 서방 금 즉, 가을을 나타낸 숫자인 것입니다."

"저 점들이 4계절의 이치로 표시가 된 거라고요?"

하얗고 까만 점들이 4계절의 상징이라? 연희는 엄청난 이치를 보면서 입이 다물어지질 않는다.

"이치는 의외로 소박한 것 같습니다. 자연섭리니까요."

입을 다물지 못한 연희의 충격을 다독이듯 말한다.

"놀라울 따름이야."

"나도 그래."

이제야 이치에 눈이 뜨인 성두와 연희가 이심전심으로 한마음이 되어가는 모양이다.

"감사드립니다."

성두가 태호복희 할아버지를 향해 구십 도로 몸을 숙인다.

"보람이 있구나."

태호복희 할아버지는 성두가 대견하다는 듯 흐뭇한 미소를 지어 보인다.

태호복히 할아버지의 웃는 모습을 보면서도 연희는 여전히 죽은 사람은 귀신이고, 몸이 있는 사람은 살아있는 사람이라는 인식의 틀에서 벗어나지지가 않는다.

"세상에서 너 죽는 날이 하늘나라에서는 태어나는 날이고, 하늘나라에서 죽는 날이 지상으로 태어나는 날이다. 그러니 몸이 있고 없고가 뭐 그리 중요하겠느냐?"

연희의 의중을 태호복희 할아버지가 알고 강조한다.

"그렇다면 죽음이라는 건 없는 거네요? 이쪽과 저쪽으로 바꿔가며 사니 말이에요."

"이제야 인식이 되는 모양이군."

태호복희 할아버지의 말에 성두와 연희는 반박할 말이 없다. 성두는 다시금 설명을 이어간다.

"우주는 생, 장, 염, 장으로 변화발전해갑니다. 상제님께서 우주만물을 생,장,염,장으로 다스리시는 것이죠. 생은 봄에 만물을 태어나게 합니다. 지구상에 모든 만물은 우주의 봄에 내어났던 것이죠. 또 장은 여름에는 기르는 것으로서 지구상에 태어난 만물을 길러내는 것이죠. 그리고 염은 가을에 거둔다는 의미입니다. 봄, 여름, 가을에 걸쳐 길러낸 만물을 추수하는 것이죠. 이 때의 추수는 인간을 의미합니다. 그리고 마지막으로 장은 겨울에 쉰다는 의미입니다. 겨울은 봄여름에 농사지어 거둔 것을 먹으며 쉬지 않습니까. 그와 같이 우주의 가을은 인간을 추수하는 것입니다."

"인간 추수라면 지구상의 모든 인간을 말함이야?"

"너희들 부모나 학교가 어떤 사람이 되라고 가르치더냐?"

성두에게 던진 연희의 질문에 태호복희 할아버지가 나선다.

"훌륭한 사람이 되라고 가르치죠."

"그렇다면 훌륭한 사람이란 어떤 사람을 말함이겠느냐?"

"……"

연희는 입안에서 뱅뱅 도는 말이 쉽게 나와지지가 않는다.

"그렇다면 종교에선 무엇을 가르치더냐?"

"착한 일 해라, 남을 도와주어라, 봉사하라 그런 거죠."

"그렇지."

"그게 인간이 추구하는 것과 무슨 관련이 있는데요?"

"농부가 농사를 지어서 가을에 어떤 곡식을 거두더냐?"

"쭉정이는 날려버리고 잘 여문 것을 거두죠."

"인간추수도 마찬가지지."

"잘 여문 인간……?"

"네가 답하지 않았느냐?"

착한 일? 남을 도와주는 일?

"우주 가을 추수 자는 인류를 위해 헌신한 사람, 봉사를 많이 한 사람, 덕을 많이 쌓은 사람이다. 그런 사람들이 추수되어야 좋은 세상이 되지 않겠느냐."

그런 사람만을 추수한다면 지구상에 그 많은 사람 중에 어느 정도나 추수가 될까? 그렇다면…… 이 사실을 사람들에게 알려 많이 살아나도록 해야 하지 않을까…… 연희가 비로소 깨달아지면서 심각하구나 싶다.

"우주는 내고, 기르고, 거두고, 쉬고, 이걸 반복해가면서 인간 농사를 짓는 것입니다. 생,장,염,장은 우주 1년 사계절의 섭리인 것이죠. 이것으로 저의 설명을 마치겠습니다."

성두가 막대를 태호복희 할아버지에게 넘긴다.

"수고했다."

"수고했어요. 그럼 다음에 봐요."

선남선녀들이 손을 들어 보이면서 물러간다.

"나도 여기까지다."

"할아버지께서도 사라지시나요?"

"내가 내 집에서 사라지다니?"

"죄송합니다. 지금까지 만나신 분들마다 사라지신지라……."

"그랬구나. 그렇더라도 어쩌겠느냐. 다음에 만나야 되는 것이니."

"모두가 똑같은 말씀들을 하시는데 그때가 언제인데요?"

성두가 볼멘소리로 묻는다.

"지구가 십 천이 되면."

'십 천. 십 천. 실감도 안 되는데…….'

"그게 그렇게 쉽게 실감이 되는 일이더냐? 도수가 차야 되는 것이지."

성두의 불만에 태호복희 할아버지가 나무라듯이 말한다.

"그렇다면 도수."

"됐다, 거기까지다."

질문하려는 연희를 노인이 가로막고 나선다.

"어떻게 된 게 이곳은 낯이 익을만하면 사라지고 사라지고, 그런대요?"

"너희가 이곳에 사사로이 온 게 아니듯, 저 분들도 너희를 사사로이 만나고 있는 게 아니다."

"그렇더라도……."

"십 천이 되어야 만날 수 있는 것이니까."

'십 천의 지구. 십 천의 지구'

연희의 볼멘소리에도 태호복희 할아버지는 아랑곳없이 손을 들어 보인다.

노인과 성두와 연희 일행은 태호복희 할아버지와 헤어져 밖으로 나온다. 밖은 예의 그 말과 황금마차가 나타난다.

낙서의 우임금

 이번엔 어디로 가는 것인가. 노인을 따라 마차에 오른다. 그런데 이번에는 마차가 곧장 앞으로 달려 나간다.
 쭉 뻗은 고속도로, 도로변의 나무와 꽃, 호수 등, 아름다운 주변경관이다.
 얼마를 달렸을까. 달리던 마차가 정원 안 궁궐 앞에서 멎는다.
 노인이 먼저 내린다.
 "저거 봐. 거북이 상이야."

노인을 따라가던 성두가 손으로 가리킨다.

"거북이상? 아 그게 왜 여기에 있는지 알것 같다."

"그래? 나도 그래."

연희가 사이좋게 주고받는다.

"제법들이구나."

"제법이라뇨?"

노인의 말에 연희가 무슨 뜻이냐는 듯이 반문한다.

"용마 다음이 거북이 아니더냐."

"그래요. 용마의 하도라면, 거북은 낙서일 것이니까요."

"바로 그것이지. 너희들이 이제 이곳에 적응이 되어가는 모양이구나. 들어가자꾸나."

노인이 백색기와의 궁궐 안으로 들어간다. 그런데 이곳은 건물이 온통 흰색이다.

실내 또한 빛으로 가득하고, 유리창으로 바라다 보이는 바깥 풍경은 만발한 꽃들의 정원이다.

"어서 오십시오."

"반갑습니다."

"고맙습니다."

많은 사람 아니 선남선녀들이 반기고, 다가온 나이 지극한 남자와 노인이 인사를 주고받는다.

50대 정도의 남자가 노란색 용포차림으로 다가온다.

"안녕하십니까."

"어서 오십시오."

노인과 인사를 주고받는다.

머리에 동곳이 쩌져 있는데 평범해 보이지가 않는다.

"이 아이는 성두라고 하고, 이 아이는 연희라고 합니다."

노인이 소개를 시킨다.

"이 분은 하나라를 다스리시던 임금님이시다. 인사 올려라."

성두는 인사를 올리면서 이번에 공부는 낙서겠구나 싶다.

연희도 그리 생각하며 인사를 올리는 것 같다.

'하나라의 우 임금님이라면 치수를 하시는 동안 집 앞을 세 번을 지나면서 한 번도 들르지 않으신 훌륭한 분으로 알고는 있었다.

"그래 고맙구나."

우임금님이 흐뭇해한다.

성두는 순간 우 임금님이 뭘 고마워하는 거지? 그러다 이내 이곳은 사람의 생각을 훤히 들여다보는 곳이지. 그걸 깜빡했다 싶다.

"우 임금님에 대해 알고 있었던 게로구나."

노인이 묻는다.

"네 책에서요."

"학교에서 배운 게로구나."

"아뇨. 설화에서 봤어요. 아시잖아요! 학교에선 우리역사도 안 가르치는데 하나라 역사까지 가르치겠어요?"

연희는 다 알면서 뭘 묻느냐, 질타하듯 던져 붙인다.

"대단하구나. 학교에서 배우지도 않은 하나라까지 알고 있는 것이니…… ."

성두를 칭찬하며 웃는 우 임금님의 얼굴이 함박꽃 같다.

우 임금님은 외모는 지극히 소박해 보인다. 그 때문인가. 오랜 지기처럼 친근감이 느껴진다. 그런데 갑작스럽게 우 임금님의 눈에 눈물이 그렁그렁 고인다. 임금님이 눈물을 보이다니, 이게 어찌된 일인가 싶어 당혹스럽다. 도대체 왜…….

"지금 나는 창생이 진멸지경으로 멸망당할 것을 생각하니 너무 가슴 아프고 슬프단다. 그래서 오늘은 내나라, 네 나라가 아닌 전 인류의 창생들을 살릴 중차대한 일로 오게 된 너희들이 대견하고 반갑기만 하단다. 알게 되겠지만 이보다 더 중차대한 일이 없는 것이다."

그렇지만 성두로서는 창생의 진멸지경에 대해 아직은 실감이 와 닿지가 않는다. 하늘을 통해서만 창생을 살리게 된다는 것도…….

"조급해할 건 없다."

성두의 속을 훤히 들여다본 우 임금님이 타이른다.

"……."

"책임감이 느껴지기는 해요."

"그럴 테지."

연희의 말에 우 임금님이 머리를 끄덕인다.

"그럼 시작해볼까?"

우 임금이 하도에 대해 말문을 연다.

"낙서는 9년 홍수의 치수를 하던 중에 낙수라는 강엘 갔을 때다. 그런데 거기 낙수에서 커다란 거북이가 나오는 것이 아니겠느냐? 거북이가 큰 것도 놀라웠지만, 등에 이상한 모양까지 있더구나. 동그라미 모양의 선모들이었는데 하도 신기해서 그대로 옮겨 그려보게 되었지. 그런데 놀랍게도 하도와 비슷한 모양이 되지 않겠느냐?"

"그럼 하도를 알고 계셨던 거군요?"

연희가 질문을 한다.

"그래 알고 있었단다. 알고 있었기에 하도와 너무 비슷해서 놀라웠던 거지."

"그래서요?"

"하도와 낙서가 단순한 모양이 아니라 음, 양 짝임을 알 수가 있었고, 예사로운 일이 아니라고 생각했단다."

"그래서요?"

"하도와 낙서의 그림을 보면서 비교를 했지."

"그래서요?"

연희가 계속 질문을 던진다.

그때 위에서 낙서 그림이 주르륵 내려온다.

그러자 우 임금님이,

"하도를 보아서 알겠지만, 숫자와 배열이 반듯하게 되어있지 않으냐? 그런데 여기 낙서의 음수를 보자. 까만 점들이 귀퉁이로 밀려나있다."

"그래요, 비슷하면서도 조금은 다르네요."

우 임금은 잠시 눈을 감고 숨을 고른다.

"왜 음수가 귀퉁이로 밀려나 있을까. 거기에 대해서 많은 생각을 해야 했지. 그러자 깨달음이 왔지."

감은 눈을 스르르 뜨면서 설명해나간다.

"억 음 존양을 나타낸 상이라는 걸."

"억 음 존양 요?"

연희가 묻는다.

"그렇다, 억 음 존양. 억 음이란 바로 양이 음을 누른다는 뜻이다. 지금까지 남자가 득세를 했다. 여자가 억눌린 게 우주적인 이치 때문이기도 하지."

"우주가 음을 눌러요? 어떻게 그럴 수가 있어요?"

"기운인 것이지. 너희 겨울에는 두꺼운 옷을 입어야 되고, 여름에는 얇은 옷을 입어야 되지 않느냐. 우주의 기운이란 그런 것이다."

"공평하지가 않잖아요."

기운이라고 해도 그렇지. 연희는 물론 성두도 우주의 기운이라는 것에 납득이 되지 않는다.

"자, 여길 보거라. 하도는 음과 양이 반듯한 모양으로 자리 잡고 있는 반면, 이 낙서 음은 모서리로 밀려난 모양새가 아니냐. 모서리로 밀려나 있으니 양인 남성에게 힘을 못 쓰는 형세지. 아까 내가 우주적인 기운으로 여자가 남자에게 억압당하고, 우주적인 계절의 기운으로 겨울에는 두꺼운 옷을 입어야 되고, 여름에는 얇은 옷을 입어야 되는 기운이라고 했다."

"그렇더라도 그래요. 왜 그렇게 되어야만 하는 건지? 공평하지가 못해요. 여자들이 억압을 받아왔다는 것에 저 우주적인 이치를 들이댄다면 여자들은 어디다 대고 하소연 할 수도 없는 것이고요. 억울해 보여요."

"저도 같은 생각이에요. 왜 그리 되어야만 하는 것인지……."

연희는 울그락 불그락 얼굴을 붉히기까지 하고, 성두도 이해

낙서의 우임금 151

가 되지 않아 거들고 나선다.

성두는 불평을 터트리는 연희를 보면서 여자들의 한이 저리 깊었던가 싶은 것이다. 성두 어머니는 아버지를 쥐락펴락한다. 그 때문에 성두는 남자에게서 받은 여자의 억압을 알 수도, 생각해본 일도 없다.

그런데 지금에 와서 보니…… 이치가 그런 것이라 하더라도 남자를 대표해서 사과는 해야 되지 않을까 싶다.

"너는 지금 너의 일이라기보다 네 어머니, 할머니, 그리고 모든 여성을 대표해서 한 말 아니겠느냐?"

연희의 속내를 꿰뚫은 우 임금님이 묻는다.

"앞으로는 저도 당할 수가 있잖아요."

"그래. 그로 인해 철천지에 쌓인 여자들의 한이 하늘땅에 가득 들어찼단다. 그로 인해 세상이 진멸지경에 이르게 된 것이고."

"그 때문에 진멸지경이 된다면, 그건 남자들이 당해야 되잖아요. 여자들에게 한을 쌓이게 했던 것이니까요. 그래야 공평한 게 아닌가요?"

연희의 잣대를 들이대며 따진다.

"대신 앞 세상은 하도의 상이 되면서 여자들이 힘을 쓰는 세상이 된다고 하지 않았느냐. 아까 말했던 것처럼 남자의 세상이 되기도 하고 여자의 세상이 되기도 하고. 그게 치우침이 없는 우주의 이치인 것이다."

'……'

"자, 설명해 보아라."

"제가요?"

"그래, 성두가 하도를 설명했듯이. 너도 하는 거다. 하면 된다."

우 임금님이 연희에게 막대를 내민다.

용기를 내어 막대를 건네받은 연희가 낙서 그림 앞으로 다가간다.

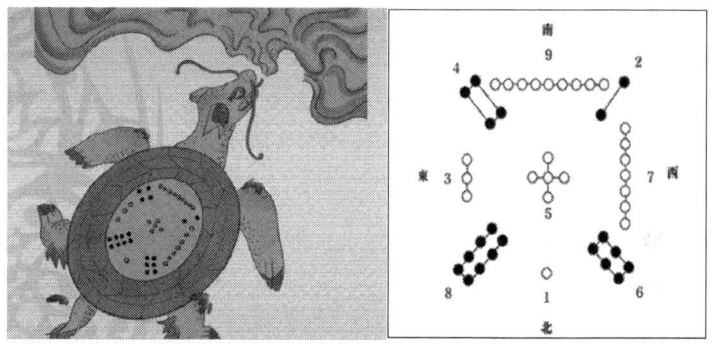

"여기를 보시면……"

연희가 잠시 뜸을 들인 후 이어간다.

"낙서에는 이 세상이 뒤집어지는 상이 있습니다. 뒤집어지고 나서야 바로잡아지는 상은 하도에 있고요."

"그렇지."

"후유~ 제대로 해서 살아야 되겠다 싶네요. 공부를 제대로 해서."

설명을 마친 연희가 스스로 만족스러워한다.

"기껏 너 하나 살리자고 공부를 시키고, 너 하나 살리기 위해 이 하늘로 불러올렸겠느냐?"

잠자코 있던 노인이 일침을 하고 나선다.

노인의 그 말에 연희의 얼굴이 붉어진다.

"저도 알아요. 그래서 저 하나 산다는 것으로 설명했던 게 아니에요."

"기특하구나. 너도 보았다시피 선천인 낙서의 세상을 마감하고, 조화선경인 하도의 후천 세상을 대비하려는 것이지."

노인이 모처럼 연희를 대견해한다.

"하도가 5,500년 전이고, 낙서가 1,300년 전에 나온 것인데 지금과 무슨 관련이 있는데요? 그리고 지금에 와서 저희에게 알려주시는 까닭은요?"

"그런 생각이 드는 게냐."

성두의 반문에 우 임금님이 흡족해한다.

"저희에게 보여주는 까닭도요?"

"때의 문제다. 때는 그 때 수는 그 수라는 것이 있다. 하도는 우주 창조의 설계도로서 그 때에 맞게 나온 것이고, 낙서는 변화 발전하는 설계도로서 발전 단계에 맞게 나온 것이지."

하도와 낙서. 성두는 무엇보다도 이 하늘에 오지 않았더라면 어디에서도 볼 수 없고, 들어볼 수도 없는 우주의 비밀이라는 것에 가슴이 벅차오르기만 했다.

"그래, 설명 잘 했다. 그렇다면 한 가지 물어보마. 너희들 철부지라는 말 아느냐?"

우 임금님이 물어온다.

"네 많이 듣죠. 특히 잘못해서 야단맞을 때요."

"그랬겠지. 철딱서니 없다며. 그런데 원래는 절기를 말함이었다. 말하자면 봄철, 여름철, 가을철, 겨울철 이렇게. 그렇다면 봄, 여름, 가을, 겨울 가운데 지금이 우주의 어느 철에 속한다고 보느냐."

"……?"

우 임금님의 질문에 성두가 머리를 갸웃한다. 그렇다면 연희는? 현재로서는 여름이다. 반 친구들과 생태실습을 나왔다가 이곳으로 올라온 게 여름이니까.

"지구 절기를 말함인가요, 우주 절기를 말함인가요?"

연희가 반문한다.

"당연히 우주 절기지."

"그렇다면……."

"가을인가요?"

성두가 생각하는 사이에 연희가 묻는다.

"아니다."

"그럼 요?"

"가을로 들어서는 초입이고, 여름이 끝나가는 말대란다."

"가을 초입, 여름 말대, 그럼 그걸 뭐라고 부르는데요?"

'여름말대…….'

"하추교역기라고 하지."

"하추교역 요?"

"그래. 그 때문에 너희가 이곳에 오지 않았겠느냐."

"계절과 저희가 무슨 관련이 있어서요?"

"곧 알게 된다."

"휴~~!"

연희가 한숨을 토해낸다.

"그건 그렇고 이거 저 주시면 안 돼요? 언제 어디서나 설명할 수 있어야 될 게 아니에요?"

"허허~ 머릿속에 다 들어있다. 그러니 어디서든 설명할 수가 있다."

"……."

연희는 머리를 갸웃하면서 우 임금님에게 막대를 넘긴다.

"지금으로선 아쉬울 테지만 아쉬울 틈도 없다. 다른 분을 만나게 되고, 공부를 해야 하니까."

우 임금님은 성두와 연희에게 시간표를 일러준다.

"공부할 게 또 있다고요?"

"물론이다."

"후유~~~"

성두와 연희는 꼼짝없이 걸렸구나 싶어 한숨을 토해낸다.

'공부, 공부 언제까지 해야 되는데……?'

학교에서도 힘든 공부 이곳에서도 해야 되나. 연희는 공부를 싫어하지 않는다. 하지만 시간표도 없이 그냥 주어지는 것이 막연해서 지루하기까지 하다.

"다음은 우주 1년이다."

"우주 1년요?"

연희가 화들짝 놀라워한다.

"우주 1년이란 또 뭐예요?"

"지구가 1년 365일로 돌아가지 않느냐. 우주도 그와 같이 둥글어간다."

"그렇다면…… 하도와 낙서를 발견한 사람이 있듯, 우주1년을 발견한 분도 계실 거 아니에요?"

"당연히 계시지."

"누가 어디서 발견했다는 거예요?"

하도는 천하, 낙서는 낙수에서 발견되었다고 한다. 그렇다면 우주 1년은?

"우주 일 년은 용마나 거북이처럼 강 같은 데서 발견된 것이 아니고, 우주가 지향하는 바를 도표로 그려냈단다."

"그렇다면 누가 그리신 건데요?

"이 하늘에 와 계신다."

"예~~? 그럼 언제 적 분이라는 거예요?"

"얼마 전이다."

"그럼 저희도 알 수 있는 분이겠네요?"

"그거야…… 알 수도…… 모를 수도……."

"어쨌든…… 오신지 얼마 되지 않은 분이라고 하니 기대가 되네요. 아는 분이시기를……."

"그럼……."

"임금님도 여기까지세요? 그럼 우린 또다시 어디로 가야 하는데요?"

연희가 우 임금님에게 대놓고 반발을 하고 나선다.

"허허 참. 나는 보이지 않은 게로구나."

그러자 지켜보고만 있던 노인이 나선다.

그러고 보니 노인에 대해서는 별로 관심이 없었다.

그제야 성두는 11대조 할아버지라는 노인에게 미안한 마음이 들었다.

"헤어지는 게 아쉽겠지만 가자꾸나."

우 임금과 작별 인사를 한 뒤에 밖으로 나온다.

"이번엔 어디로 갈건 데요?"

"아까 우 임금님께서 우주도표에 대해 말씀하시지 않더냐?"

예의 나타난 그 마차에 노인이 먼저 오르고, 성두와 연희도 뒤따라 오른다.

우주 1년 소강절

그때 하늘에서 빛으로 된 흰색 두루마리가 좌르르 펼쳐져 내려온다. 펼쳐 내려온 두루마리 위로 마차가 성큼 올라선다. 두루마리가 마차를 끌로 올라가는 것인지, 마차가 두루마리를 타고 올라가는 것인지 높이, 높이 떠 올라간다.

지구와 달이 공처럼 떠있고, 크고 작은 별들이 손에 잡힐 듯 가깝다. 그렇게 유영처럼 떠가던 마차가 노란 행성을 향해 스르르 내려앉는다.

순간 성두의 두 눈이 휘둥그레진다. 지붕이 둥그렇고 안테나처럼 촉수들이 촘촘히 꽂혀있어 조금은 우스꽝스러워 보이기도 하다. 그 우스꽝스런 모양새들이 지금까지 보던 궁궐과 너무나 달라 보인다. 129,600이라 쓰인 현판도 이색적이다.

"여긴 우주 도시야 뭐야? 근사해."

"그러게. 근사하다. 심상치가 않네?"

성두와 연희가 큰 돔과 작은 돔들을 보며 감탄스러워한다.

"여기 있는 모든 것들은 우주를 알아내고자 한 소강절 선생님의 작품들이란다."

"건물들도 우스꽝스럽게 생긴 게 많아요."

"우주에 대해 하나를 밝혀질 때마다 세워진 결과물들이란다. 너희도 초등학교, 중학교, 고등학교. 대학교를 졸업하면 졸업장 한 장씩 받지 않느냐? 그와 같이 1호, 2호, 3호, 4호, 5호에 해당되는 작품들을 탄생시킨 거지."

"아이디어가 기발하네요?"

연희가 신기해한다.

"그래, 기발하신 분이란다."

열린 문으로 스르르 들어간다. 수염이 덥수룩한 노인이 도포 차림으로 서있다

"기다리고 있었소."

"감사합니다."

두 노인이 인사를 주고받는다.

"이 아이는 성두라고 하고, 이 아이는 연희라고 합니다. 인사 올려라. 이곳의 주인이신 소강절 선생님이시다."

"안녕하세요, 저는 성두라고 합니다."

"그래, 와주어서 고맙다."

"저는 연희라고 하고요."

"그래 반가워."

소강절 선생님이 성두와 연희를 살갑게 맞아준다.

"그런데…… 건물들이 모두가 동그란데 왜 그러는 것인지 궁금해요."

연희가 참지를 못해서 성급하게 나선다.

"우주 사전들이란다. 우주 안의 모든 전체들이 둥글지 않으냐."

"죄송하지만 장난감 같아요."

"우주의 천제들이 장난감 같은 것들이지. 그 천제들의 신비가 벗겨질 때마다 세운 것들이고. 그 안에는 각각의 정보가 들어있다. 우주사전이 된 거지. 저기 저 쪽은 지구의 정보가 들어있는 지구사전인 것이고."

"그럼 지구사전부터 보도록 할까?"

소강절 선생님을 따라 둥그런 지구사전 안으로 들어간다. 이곳도 밖에서는 안이 전혀 보이지 않았다. 그런데 안에서는 신기하게도 밖이 환히 내다보인다.

"이렇게 귀한 걸 보여주셔서 감사합니다."

"무슨 그런 말씀을…… 이게 어디 사사로운 일입니까? 그리고 나로서는 우주 1년을 얘기해본 지가 언제인지 까마득합니다. 그런데 오늘 이 아이들에게 들려주게 되었으니 저로서는 소원 풀이 한 셈이지요. 사사로운 일이 아니지 않습니까."

"그간 고생이 많으셨습니다."

"고생이라뇨. 재미로 했습니다. 재미로 하다 보니 성과가 나게 된 것이고. 그런데 이제 와서 보니까 이 일이 제가 해야 되는 일로 정해져 있었다는 겁니다."

"그렇지요. 이 아이들이 이곳으로 오게 된 것도 정해져 있었듯이."

노인이 다른 분들과 달리 소강절 선생님과는 각별해 보인다.

지금까지는 모두가 임금님들이셨다. 그런데 소강절은 선생님이라고 한다. 그렇다면 어느 시대 선생님이시라는 것인지.

성두로서는 선생님이라는 호칭이 정겹다. 거기다 담임 선생님이 소 씨인데 소강절 선생님도 소 씨이다. 거기다 11대조 조상님이라는 노인도 소 씨이다. 그 때문에 각별한 게 아닌가? 성두 또한 소 씨인 것에 남 같은 생각이 들지 않는다.

"소강절 선생님은 우주 안에 있는 모든 행성들에 대해 모르는 게 없으시다."

우주 안의 모든 행성들에 대해 모르는 게 없다니…… 참 대단해 보인다.

"따라 오너라."

밖으로 나서는데 또 다른 건물이 구름다리로 연결되어있다. 구름다리는 양쪽에서 빛이 튕겨 나온다. 과학전시실로 들어가는 것 같은 느낌이다.

"세상에!"

구름다리를 통과해서 실내로 들어선 연희가 탄성을 지른다. 이곳은 숫제 돔들의 천국이다. 대형 운동장 넓이에 일정하게 생긴 항아리 정도의 은백색 돔들이 수백 개, 아니 수천 개가 정도가 일정 간격으로 설치되어 있다.

"이것들이 다 우주사전이에요?"

"그렇지."

"저렇게 많아요?"

"우주의 행성들이 많지 않으냐."

"별들도 있어요?"

"별까지는……. 별까지 한다면 그 수가 엄청나지 않겠느냐. 행성만 해도 이만큼이나 많은데."

"그러네요."

연희가 머리를 끄덕인다.

"그럼 이곳에서 저희가 알아야 하는 게 무엇이에요?"

성두가 궁금해서 묻는다.

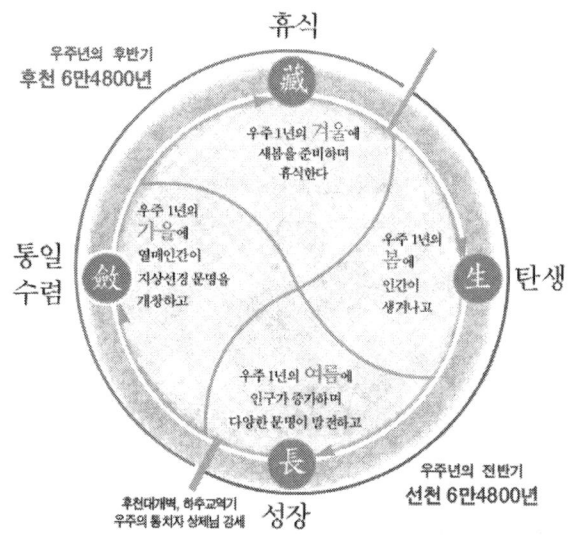

"우주 1년이지."

"여기 오기 전에 들어보기는 했어요. 그렇다면 선생님께서 우주1년 도표를 그리신 건가요?"

"도표를 그리신 분은 따로 계시지. 난 다만 우주 1년이 129,600년이라는 것을 밝혀낸 것이고."

"궁금해요. 129,600년이란 숫자를 무슨 수로 밝혀내셨는지가."

"그럴 테지. 지구의 도수, 인체의 도수를 통해 알아내게 되었단다."

'지구의 도수, 인체의 도수?'

"지구의 도수는 과학이고, 인체의 도수는 의학이다. 그걸 합산하면 우주 1년 숫자가 나온다."

"저는 도무지……."

성두는 아리송해하며 머리를 젓는다.

"그래 그건…… 따라 오너라."

소강절을 따라 과학관 같은 곳으로 들어간다. 이곳은 천장이 온통 하얀 별들이다.

노인의 안내에 따라 기다란 탁자가 있는 곳으로 다가가 자리를 잡아 앉는다.

숨 돌릴 틈도 없이 그때 하도와 낙서를 설명할 때처럼 위에서 뽀얀 두루마리가 좌르르 내려온다. 가로세로가 150㎝ 정도의 하얀 바탕에 둥그런 모양에다 선이 대각선으로 쫙 그어져 있다.

"이 그림이 무엇 같으냐?"

"글쎄요……."

"그럼 이 선은 몇 도 정도로 틀어져 있는 것 같으냐?"

소강절이 둥그런 그림의 대각선을 가리키며 묻는다.

"22점 5?"

연희가 자신 없이 대꾸한다.

"어떻게 산출해 낸 것이냐?"

"오로 나누고 또 나눴습니다."

"맞는 방법은 아니지만 근사치로 맞춰지기는 했구나. 23,5다."

"23,5가 뭔데요?"

"과학시간에 지축의 기울임을 배우지 않았느냐?"

"아~~"

그제야 연희가 알아차린다.

"지구 지축의 기울임."

성두는 그제야 떠오른다. 세차운동으로 그리 된다고 했다. 기운 지축이 바로 서고, 바로 서는 게 개벽이라고 하지 않던가.

"그렇다면 기운 지축은 언제 바로 서나요?"

"그건 내가 설명해줄 일이 아니다. 내 소관이 아니니까."

"그럼 저희는 또 다른 분한테 들어야 하나요?"

"그렇단다."

'어유~~ 만나고 만남이 언제나 끝날 것인지. 이제는 쉬었으면 싶다.

"나는 하늘에 오기 전에 우주천체에 대해서만 공부했다. 해서 이 우주 외에 또 다른 천체권이 있다면 몰라도 이 우주권 내의 천체에 대해선 내가 모르는 게 없다. 내가 너희들에게 알려줄 건 여기까지다."

"애쓰셨습니다."

"별 말씀을요."

공부는 별로 하지 않은 것 같은데 또 다른 곳으로 가는 모양이다.

소강절 선생님도 함께 가는 모양이다.

노인과 소강절이 앞장서고, 성두와 연희가 뒤를 따라 밖으로 나온다.

"타시지요."

예의 그 마차가 나타나고 노인과 소강절이 올라탄다.

다른 분들과는 헤어지면 돌아서 나왔다. 그런데 소강절 선생님은 같이 가신다. 어찌된 일인가.

성두와 연희도 뒤이어 올라탄다.

하늘로 떠오른 마차가 고도를 높인다. 경계선이 없어 보이는 하늘, 은하수 사이로 별들이 설핏설핏 모습을 드러내고, 선율이 음악처럼 낮게 깔려 흐른다. 아름다운 이 우주공간을 날아가고 있다니, 꿈만 같다. 몸과 마음도 솜털처럼 가벼운 기분이다.

안운산과 우주 1년

 얼마쯤 올라왔을까. 마차가 서서히 속도를 줄이면서 어느 둥근 별을 향해 곧장 내려간다.
 산이 보이고, 바다가 보이고, 들도 보이고, 지구와 같은 모양이어서 혹 자신들이 살던 곳으로 온 게 아닌가 싶은 착각이 든다.
 그렇지만……. 지구는 이 정도로 아름다운 곳이 없지 않을까.
 마차가 내려앉는다.
 주변이 온통 꽃동산이다. 마음까지 환해지는 것에 탄성이 터져나온다.

성두와 연희는 마차가 사라지고, 다이아몬드 빛으로 반짝이는 웅장한 건물을 향해 노인과 소강절의 뒤를 따른다.

20층 높이의 기와가옥. 온통 다이아몬드로 치장한 듯 투명함으로 반짝이며 앞은 태극문양이 새겨져 있다.

"어서들 오시오."

도포차림의 11대조 노인이 안으로 들어서자 안에서도 하얀 노인이 나서서 반긴다. 피부가 유난히 희어서 종이로 된 사람 같아 하얀 노인이라는 별명을 붙여도 될 것 같다.

"이렇게 찾아뵙게 되어 반갑습니다."

노인과 소강절이 하얀 노인과 인사를 나누고, 그 외의 많은 선남선녀들과도 인사를 나눈다.

"이 아이는 성두라고 하고, 이 아이는 연희라고 합니다."

노인이 성두와 연희를 하얀 노인에게 소개시킨다.

"이 분은 안 운산 선생님으로 우주변화도표를 그려 내놓으신 분이시다. 인사 올려라."

성두와 연희가 인사를 올린다.

"그래 잘 왔다 반갑구나."

인사를 올리자 하얀 노인이 반가워한다.

"그라고 시간이 없으니께."

인사를 받기가 무섭게 서두르려는 기색이다.

"여기를 보아라."

일행이 다이아몬드의 오색 무지갯빛 탁자와 다이아몬드 의자에 앉기가 무섭게 그림이 내려온다.

"이런 그림은 본 일이 없었을 게고."

하얀 노인은 그림에 대해 아느냐, 모르느냐를 묻는 게 아닌 것 같다. 화법이 특이한 분이라는 생각이 든다.

"저 대각선은 지축을 표시한 거 아닌가요?"

"지축 정도는 학교에서 배운 게로구먼."

"학교에서는 가르치지 않는데요."

"이곳에 오기 전에 그것만 알려주었습니다."

성두의 말에 소강절 선생님이 답변하고 나선다.

"그렇다면 조금은 알아들을 게고……."

하얀 노인이 그림 앞으로 다가간다.

"너희가 이곳에 온 까닭을 아는감?"

"잘은……"

"아직 안 알려주시던데요."

무슨 임무일지는 모르지만 주어지기는 할 것이지만 정작 자신들이 이곳에 온 까닭은 모른다.

"너희들이 이곳에 온 것은……."

말끝을 흐린 하얀 노인이 뭔가 깊은 생각에 잠기는 모습이다. 하얀 노인의 저 모습이 자신들과 무관하지 않을 지도…….

"먼저 이것부터……."

하얀 노인이 성두와 연희를 바라본다. 사람의 속을 꿰뚫는 듯 한 눈빛이다. 노인의 그 눈빛에 몸이 움츠러든다.

"이게 우주 1년이다."

"예, 소강절 선생님께서 알려주시기는 했습니다."

"그랬겠지. 우주1년마다 사전을 만드셨으니까. 그렇담…… 여기 동그라미 안에 십자로 4등분이 되어있다. 그 내용은 아남?"

"모릅니다."

"4등분은 봄, 여름, 가을, 겨울의 표시다. 우주의 사계절인 것이지. 지구의 사계절은 초목농사 짓는 주기이고, 우주의 사계절은 인간농사 짓는 주기니께."

"인간 농사를 짓는다고요?"

다른 분들은 추수라고 하던데. 그런데 하얀 노인은 농사라고 한다. 추수와 농사, 무엇이 다른가.

"나중에 알게 되어."

성두의 의중을 간파한 하얀 노인이 안심을 시키는 것 같다.

"이 대각선의 반으로 나눠진 부분은 지축의 기울기이기도 하지만 선천과 후천인 게야. 우주 1년이 129,600년이니께. 반으로 나누면 선천 6,800년이고, 후천 6,800년이 되거든."

성두와 연희는 먼저 엄청난 숫자에 놀린 기부이다.

"지금은 선천 5만년의 끝자락에 와 있는 것이니께. 끝자락이라는 것은 선천 여름을 뜻하는 게고."

"잠깐만요!"

"뭔디?"

연희의 말에 노인이 반문한다.

"우주1년이 129,600년이면 129,600년을 선천과 후천 반으로 나누는 것 아닌가요?"

"그렇제, 역시 똘똘혀. 그런데 말이다, 겨울이 아닌 빙하기가 또 있거든. 겨울에는 쉬는데 빙하기는 추워서 살 수도 없으니께. 우주 1년 129,600년에서 빙하기 29,600년을 빼면 선천 5만년 후천 5만년이 아니것남? 이제 알것남?"

"이해가 돼요."

연희의 시원스럽게 대답한다.

"그러니께…… 선천 5만년 끝자락인 가을에는 무엇을 해야 되는지 아는감?"

"지구 년으로는 수확이지만……."

연희의 말은 지구 년은 알겠는데 우주 년은 몰라 얼버무리고 만다.

"지구의 가을은 곡식을 추수하지만 우주의 가을은 5만년 동안 지어 온 인간추수를 하는 계절인기여. 그럼 인간 추수는 누가 하남?"

"모르겠어요."

"인간추수는 너희들이 하게 되는 기여."

"예~~~?!"

연희가 기겁하며 외마디 소리를 지른다.

"저희는 인간농사 지은 일이 없습니다."

성두도 나선다. 시골서 살긴 했지만 학교만 다녔지, 농사를 지어본 일이 없다. 그런데 인간 추수를 하라니, 엄두도 못 낼 일이다.

자신들에게 주어질 임무가 인간추수라니! 인간농사를 우주가 지었다면 추수도 당연히 우주가 해야 될 일 아닌가. 농사는 우주가 지어놓고 인간더러 추수하라니, 말이 되는가.

"인간이 너희뿐이더냐?"

하얀 노인이 나무라고 나선다.

"걱정할 건 없는 기여. 함께 할 사람들이 많이 있으니께."

그렇더라도 성두와 연희는 알 수가 없다.

"너희에게는 초립동이 도수가 붙여질 것이여. 지구는 지금 곳곳이 사건사고로 진멸지경이 되어있을 정도로 급박하게 돌아가고 있잖은감? 위기에서 사람 구하고, 한국을 1등 국가로 만드는 데 책무가 주어진다는 것이니께."

아직은 하얀 노인의 말이 이해되지도, 마음으로 받아들여지지도 않는다.

"그렇제. 아직은…… 시간은 있으니께. 그럼 가도록 혀."

성두와 연희는 무엇보다도 일찍 끝내주는 게 더없이 고마울 따름이다.

"이 정도만 해도 너희는 우주 질서는 터득이 된 기여. 다른 사람들은 어림도 없제. 그라고 지금꺼정 배운 것만 가지고도 충분히 해낼 수가 있으니께 걱정하지 않아도 되어. 너희를 기다리고 있는 사람들이 있으니께. 알것남?"

이 일을 어찌한담. 하얀 노인의 말이 머릿속으로 와 닿지를 않으니.

"초립동이 도수라는 것이 있어. 그걸 붙여 보내게 되는데, 무엇이든 다 할 수가 있어. 그러니께. 지금부터 걱정하지 않아도 되어."

그럼에도 성두와 연희는 전혀 와 닿지가 않는다.

"이것으로……."

"아무것도 모르는 이 아이들에게 공부를 시켜 주셔서 감사합니다."

11대조 노인이 하얀 노인에게 감사인사를 한다.

"해야 될 일이 아닙니꺼."

"저로서도 그랬습니다."

그때까지 없는 듯이 잠자코 있던 소강절 선생님도 한마디 한다.

"잘 들 가시기요."

"다음에 뵙지요."

"안녕히 계세요."

"안녕히 계십시요."

노인과 소강절 선생님, 그리고 성두와 연희도 하얀 노인에게 작별인사를 하고 밖으로 나온다.

진표율사

 인사를 하고 밖으로 나오는데 눈앞이 온통 진녹색의 숲이다. 이 느닷없는 상황이 의아스러워 성두와 연희는 어리둥절해지고 만다.
 "따라 오너라."
 이 느닷없는 상황에 설명도 없이 노인이 앞장서간다.
 구불구불 산길이다. 이 하늘에 구불구불 돌과 바위의 산길이라니. 거기다 마차를 타거나 하늘로 오르지도 않고 타박타박 걸어 올라가는 산길이라니. 풀벌레 소리, 흘러가는 개울물 소리,

산들거리는 바람에 기분이 산뜻하기는 하다.

"이건 뭐지?"

"글쎄. 하늘에 이런 곳이 있다니 도무지 모르겠네."

성두와 연희가 귓속말로 주고받는다.

"곧 알게 된다. 다 왔다."

노인의 말에 성두와 연희가 움찔한다. 산이 그리 높지는 않다. 노인이 평평한 곳으로 올라선다. 그런데 안쪽으로 들어서 있는 거대한 건물들. 출입문으로 보이는 맨 앞 건물엔 금산사라는 현판이 붙어있다.

"금산사?"

"그래, 금산사다. 너희 금산사 와보지 않았느냐?"

혼잣말로 구시렁대는 연희의 말에 노인이 반문한다.

"예 학교에서 소풍 온 일 있어요. 남원에서 가까우니까요."

"그랬을 테지."

"그런데 이곳에 금산사가 있어요? 있을 필요가 있나요?"

"그래요. 어울려 보이지도 않고요."

성두와 연희가 반박하듯 묻는다.

"맞는 말이다. 너희들에게 알려줄 게 있어 임시로 마련한 것이니까."

"예? 뭘 알려줄 게 뭔데요?"

"공부다."

"공부요? 공부를 위해서 저 거대한 절을 임시로 마련한다고요?"

"무슨 공부기에 저렇듯 거대한 사찰을 마련한다는 것인지……?"

"걱정할 것 없다. 이곳에선 어려울 게 없다."

성두와 연희의 경악에도 아랑곳없이 노인은 태연하게 사천왕문으로 들어선다.

성두와 연희도 전에 와본 일이 있어 눈에 익은 사천왕문을 통과해서 금산사 내로 들어선다.

"그런데 대웅전이 아닌 미륵 전 쪽으로 가시네?"

"불교도가 아니신가?"

"하늘에서 무슨 종교야?"

"그렇겠지?"

성두는 연희의 핀잔에 머쓱해하며 미륵 전 쪽으로 다가간다.

"너희 이 미륵 전에 대해 아느냐?"

성두와 연희가 다가서자 노인이 묻는다.

"자세히는 모르지만 조금은 알아요. 소풍 왔을 때 선생님으로부터 들었거든요."

"그랬구나. 그렇다면 저기 저 미륵님은 누구시냐?"

"미륵님에 대해선…… 그렇지만 미륵상을 세웠다는 분에 대해서는 알아요."

"미륵님에 대해선 이따가 설명해줄 것이니까 미륵상을 세운 분에 대한 설명은 누가 해 보겠느냐."

노인이 성두와 연희를 번갈아보며 의미심장하게 묻는다.

"네가 해 봐."

성두가 연희를 보며 싱긋 웃어 보인다.

"알았어."

연희가 기분 좋게 머리를 끄덕인다.

"진표 스님은 어려서 활을 잘 쏘았다고 합니다. 그러던 어느 날 논둑에서 개구리를 잡아 버들가지에 꿰어가지고 개울에 담가둔 채 산에 가서 사냥을 했대요. 그래놓고는 개구리 일은 까맣게 잊어버리고 있었다고 해요. 그래놓고는 이듬해 봄에 개구리 우는 소리에 생각이 나서 그곳을 가보았대요. 그런데 지난해에 버들가지에 꿰어서 개울에 담가두었던 개구리가 버들가지에 꿰인 채로 울고 있더래요. 놀랄 일이죠. 겨울을 지났는데도 얼어 죽지를 않았으니 말이에요. 이에 놀라서 뉘우치고는 스님이 되기로 했다는 것이죠. 그리하여 부모님의 허락을 받아 12살에 금산사로 들어가 숭제 법사님 밑에서 승려가 되었다는 것이에요. 그런데 숭제 법사님은 진표 스님더러 너는 미륵님의 법을 구하라고 했다는 것입니다."

"제대로 알고 있구나. 다음은 성두 네가 해보겠느냐?"

노인은 연희의 말을 자르고 나서 성두에게도 설명하도록 한다. 노인의 그 말에 성두는 미륵전의 금빛 미륵 불상부터 올려다본다. 18미터라고 하니 엄청 높아 보인다. 웅장하다. 저다지 거대한 불상을 진표 스님이 세웠다는 것이니…….

"네 진표 스님은 숭제 법사님의 말씀에 따라 미륵님의 법을 구하고 폈다는 것이에요. 그런 후 부안 변산에 있는 천 길 낭떠러지 절벽 부사의 방장에서 수행을 했다는 것입니다. 그런데 3년이 되어도 아무런 기미가 없어 죽을 생각으로 낭떠러지 아래로 몸을 던졌대요. 때마침 청의동자가 나타나 진표스님을 받아 바위 위에 올려놓고 사라졌다는 것이죠.

이에 크게 용기를 내서 온몸을 돌로 두들기는 망신참법 수행을 했다는 것이에요. 손과 팔이 부러지고 온몸이 피투성이가 된 마지막 날에 천안이 열리면서 미륵불께서 지장보살과 수많은 도솔천의 백성들을 거느리고 오시는 모습을 보게 되었다는 것입니다. 그때 미륵불상을 조성하라는 말씀에 따라 미륵불상을 조성하게 되었다는 것이고요."

"그랬지."

조용히 듣고 있던 노인이 칭찬 같은 말을 한다.

"그렇다면 미륵불상 조성에 대해선 누가 설명해 보겠느냐."

노인이 성두와 연희를 돌아보며 묻는다.

"저더러 하라는 말씀이시죠?"

듣고 있던 연희가 넘겨짚는다.

"그렇지."

노인이 의미심장한 미소를 지어 보인다.

"그럼…… 아는 대로 말씀 드려 볼게요. 이곳에다 미륵불상을 세우라는 계시를 받았는데 이곳은 연못이었다고 해요. 그런데 아무리 흙으로 메워도 미륵불을 세울 연화대가 한쪽으로 떠내려가 버리더라는 것이에요. 그때 다시 숯으로 매우라는 계시를 받았다는 것이에요. 그런데 숯을 만들자면 나무를 태워야 될 게 아니에요? 그런데 스님이 그 많은 나무를 어떻게 마련하고 태울 수가 있겠어요? 스님으로서는 할 수가 없는 일이죠. 그래서 꾀를 냈대요. 그리고는 마을에 안질을 퍼트렸대요. 그러자 마을 사람들 모두가 안질에 걸리게 되었다는 것이죠. 그때 숯 한 짐씩을 지고 와서 연못물에 눈을 씻으면 안질이 낫는다는 소문을 퍼트렸대요. 그러자 마을 사람들 모두가 숯 한 짐씩을 지고 와서 눈을 씻었고, 안질이 나았다는 것이죠."

"사람들을 속이는 건 그렇지만 아이디어는 기발했네요."

"그렇더라도 사람들한테는 공덕이 되었을 것이다. 미륵불 조성에 기여한 공이 있는 게 아니겠느냐."

"……."
"……."

노인의 말에 성두와 연희는 긍정도 부정도 할 수 없는 자가당착에 빠지고 만다.

"마저 해 보거라."

노인이 연희를 채근한다.

"숯으로 메운 다음 연화대 대신 쇠로 만든 밑 없는 무쇠 솥을 올려놓고 그 위에 미륵불을 세웠다는 것이죠. 밑 없는 솥이 미륵불을 떠받치고 있는데 사람들은 지금까지도 지하의 커다란 무쇠 솥을 만져본다는 것입니다. 여기까지입니다."

"잘했다."

"그런데…… 여기에 온 까닭이……."

"궁금하냐?"

"……."

"미륵불 출세는 모두가 바라는 염원이다. 미륵불이 출세하면 좋은 세상이 올 것으로 기대하겠지만 실상은 그 반대가 된다. 미륵불 출세는 개벽과 직접적인 관련이 있는 것이니까."

노인의 그 말과 함께 금산사는 사라지고 흔적이 없다. 그리고는 눈 깜짝할 사이에 말과 마차가 대기해 있다.

"타자꾸나."

역대 조상님들

성두와 연희가 노인과 함께 마차에 올라탄다.

마차는 하늘로 오르던 것과 달리 곧장 앞으로 달려 나간다.

동물과, 새와 벌, 나비들이 노니는 초원을 지나고, 햇살아래 반짝이며 흐르는 강을 지나고, 울긋불긋 꽃동산을 지난다.

"저게 뭐지?"

"다이아몬드를 보고 하는 말이냐?"

노인이 무지갯빛으로 쏟아져 나오는 정원 가장자리의 돌을 돌아보며 묻는다.

"다이아몬드라고요?"

"그게 그리도 신기하냐?"

"저게 다 다이아몬드라고요"

연희가 소스라치게 놀라고 만다.

"이곳에선 그냥 돌이다."

돌? 그래 돌인 건 맞지. 천연 돌.

하지만 지상에선 최고로 고급스러운 보석이다. 그런데 자갈처럼 널브러져 있단. 참으로 자유로워 보인다. 다이아몬드 입장에선 너무도 자유스러울 것이다. 지구에서라면 잘리고 갈리고 다듬어서 반지, 목걸이, 귀걸이 등으로 묶여 지내야 하니 고통스러울 것이다. 그런데 이곳에서는 그냥 돌로 널브러져 있으니 그 자체로 마냥 행복해 보인다.

다이아몬드 도로를 지나 경복궁보다도 더 크고 웅장한 황금색으로 된 궁궐 앞에 다다른다. 궁궐이 한두 채가 아니다.

"저, 저……."

기와와 벽은 금으로 장식이 되어 있고, 기둥은 다이아몬드로 되어있다. 정원가장자리의 다이아몬드를 보고 놀랐더니 이번에는 궁궐이 온통 황금장식이다.

천년, 만년, 십 만년을 가도 끄떡없을 건물들 같다.

"후천엔 모두가 이런 집에서 산다."

"이런 집에서 요?"

두 눈이 휘둥그레진다. 벌어진 입이 다물어지질 않는다. 가슴까지 벅차오른다.

금장식 문이 스르르 열린다. 실내에서는 밝은 빛이 쏟아져 나오고, 안에는 사람들이, 아니 노인들이 많이 모여 있다.

"성두 왔습니다."

노인이 노인들에게 성두를 소개한다.

"이 아이인가?"

"그렇습니다."

"세상에나~!"

"이 분들 모두 네 조상님들이시다."

"이 분들이 다 저의 조상님이라고요?!"

"그렇단다."

세상에나! 이 분들이 다 자신의 조상님들이라니! 성두는 무엇보다 조상님들이 이렇게 많은 것에 놀라움을 금할 수가 없다.

"절을 올려야겠지요. 모처럼 올리는데 반천무지 절 법으로 올리도록 하는 게 좋겠습니다."

한 선관이 다가와 하는 말에,

"그렇지, 그렇지."

노인들이 이구동성으로 응답을 한다.

그러자 선관이 성두와 연희를 데리고 다른 장소로 데리고 간다.

"보거라. 내가 하는 대로 하면 된다."

선관은 양팔을 벌린 다음 어깨에 살짝 댔다가 두 손을 이마에 모으면서 엎드린다. 그렇게 네 번을 한다. 반천무지 사배법이라고 한다.

"이 절법은 원래 상제님께만 올리던 것이다. 그런데 상제님께서 자손으로서 조상님께도 올리도록 하셨다. 조상은 자손에게 있어 제1의 하느님이라고 하시면서."

'조상이 제1의 하느님?'

난생 처음 들어보는 말이다.

"세상에서 가장 존귀한 존재는 각자 자신이다. 조상이 계시기에 자신을 있는 것이니 조상을 잘 받들라는 뜻인 것이지. 그러니 그런 마음가짐으로 올리도록 하여라."

선관과 함께 다시 조상님들이 계신 곳으로 나온다. 연희는 한쪽에 있도록 하고. 성두만 조상들을 향해 선관이 보여준 대로 4번의 절을 올린다.

"만나게 돼서 반갑다."

"참 잘 왔다."

"기특한지고."

"그래 귀한 자손이지."

"귀하고말고."

조상님이라고 하는 모든 분들이 반가워하면서 칭찬들을 해 댄다.

"네가 아는 조상님을 찾아보아라."

몇 백 년, 혹은 몇 천 년 전에 돌아가신 분들일 것인데 알 수가 있는가.

"성두야~."

그때 얼마 전에 돌아가신 할머니가 다가온다.

"할머니!"

그제야 알아본 성두도 할머니에게로 다가간다.

조모인 할머니는 성두가 초등학교 들어가기 전에 돌아가셨다.

성두는 할머니의 등에 업혀 지내다시피 했고, 매일같이 동네를 손잡고 돌아다니기도 했다. 그뿐이 아니다. 맛있는 먹을거리를 챙겨 두었다가 주기도 하셨다. 성두는 할머니가 돌아가셨을 때 슬퍼서 얼마나 울었는지 모른다.

"많이 컸구나."

할아버지도 다가와 성두의 어깨를 다독인다.

"할아버지!"

성두가 할아버지에게 다가간다.

할아버지는 성두가 초등학교 5학년 때 돌아가셨다.

할아버지도 성두를 많이 귀여워해 주셨다.

생각지도 않게 할아버지 할머니를 보게 된 성두는 눈에 눈물이 그렁그렁 고인다.

11대조 조상이라는 노인을 만났을 때는 노인이 섭섭해 하리만치 그 어떤 감정도 일지가 않았었다.

여기 계신 조상님들은 몇 백 년 전 혹은 몇 천 년 전의 조상이니만치 안면이 있을 리 없고, 유일하게 아는 분은 얼마 전에 돌아가신 할아버지 할머니일 뿐이다.

"너도 조상님을 뵈어야지. 따라오너라."

선관이 연희를 데리고 다른 곳으로 간다.

그 많은 조상님들이 성두가 이 하늘나라에 오게 된 까닭을 안다는 듯이 모두가 기뻐하는 모습들이다.

얼마 후 선관과 함께 조상을 만나러 갔던 연희가 돌아왔다.

"이제 보내야 됩니다."

노인의 말에 조상들이 아쉬워하면서 다른 곳으로 이동해 간다.

"조상님들 만나 봤어?"

선관을 따라 갔던 연희에게 묻는다.

"응, 만나는 봤어."

"왜, 아는 분이 안 계셨어?"

"그래, 모르겠더라. 우리 할아버지 할머니는 우리와 함께 살고 계시잖아. 그러니 증조할아버지 할머니는 본 일이 없어 알 수가 없는 것이지."

"그렇겠구나. 그렇다고 말도 안 해봤어?"

"하기는 했지."

"그렇다면 궁금한 것 물어보지 그랬어."

"물어보기는 했지."

"물어봤더니?"

"이 하늘은 아무나 올 수 있는 곳이 아니라면서 칭찬해 주시는 거야."

"거 봐."

성두는 무엇보다 연희의 궁금증이 풀린 것이 기쁘다.

"그래도 헤어지는 게 서운하지?"

성두는 할아버지와 할머니와 헤어지는 게 싫었다. 할 수만 있다면 같이 살고 싶었다.

"글쎄…… 뭐가 뭔지 잘 모르겠어."

"소원 풀이는 하지 않았느냐?"

역대 조상님들 191

복습

　노인이 가리킨 다이아몬드로 된 대형 탁자에는 하도와 낙서가 새겨져 있고, 의자는 등받이에 태극문양이 들어있다.
　"하도낙서를 다시금 확인해 보마."
　'확인이라니…….'
　"자신 있는 게냐?
　성두의 속을 읽은 노인이 반문한다.
　"후천과 선천을 나타낸 그림입니다."
　'이곳은 도무지 생각도 마음대로 할 수가 없는 것이 불만스럽다.

"그럼 중앙의 수는?"

"하도는 5와 10으로서 즉, 통일을 이룰 조물주인 상제님의 수인 것이고요. 상제님 대리로 일을 맡아 하신 분이 계신다고 합니다."

"그렇다면 낙서의 중앙은?"

"5로서 통일이 될 수가 없는 수죠. 결론적으로 5에서는 상제님이 세상에 오실 수가 없게 되었다는 것이고요."

성두는 훤히 알고 있으면서 굳이 묻는 이유가 무엇이라는 것인지 심사가 불편하다.

"머릿속에 들어있는 것하고 표현하는 것은 다르다."

이번에도 역시 들키고 만다.

"이번엔 연희 네가 낙서에 대해 답해 보거라."

"분열하는 선천, 즉 지금 세상을 보여준 그림입니다."

연희가 주저 없이 답변하고 나선다.

"그 정도면 어디서든 설명할 수가 있겠구나."

"네."

노인의 말처럼 자신감이 있다고 생각된다.

"안 운산께서 일러주신 것도 알겠느냐?"

"……."

이제 그만 물어봤으면 싶다.
"개벽은 천지가 하는데 일은 사람이 해야 한다면서요?"
연희는 그것이 궁금했는가.
"천지가 말을 하고, 수족을 쓴다 더냐? 천지가 인간농사 짓는 일에 일조를 하였으니, 개벽 기에는 인간이 나서서 해야 되는 것이지."
"…….
천지가 인간농사를 짓는다는 노인의 말은 받아들여지지만, 인간이 인간 추수를? 도무지 납득이 되질 않는다.
"개벽 기에 추수할 수 있는 기틀은 마련이 되어있다. 개벽이라는 것이 지구에서 벌어지는 일이다. 그러니 하늘의 일이라기보다 인간의 일인 것이다. 그러니 인간이 해야 되는 것 아니겠느냐."
노인은 대수롭지 않다는 듯이 말한다. 산과 바다가 뒤집어지는 일이 일상사라는 건가.
"이제 됐다. 금강산도 식후경이라고, 이곳 음식은 맛보고 가야 되지 않겠느냐?"
그러고 보니 시간, 아니 세월이 많이 흐른 것 같다. 그런데 먹는 것은 물론 화장실도 가지 않았고, 잠도 자지 않았다. 먹고 싶다거나 잠자고 싶다거나 졸리거나 하지도 않았다. 시험공부로

밤을 새우면 다음 날은 비몽사몽제정신이 아니다. 그런데 이곳에선 오히려 말똥말똥하다. 이곳에서 음식을 먹는다거나 잠을 잔다거나 하는 일은 없으려니 했다. 그런데…….

"이곳 하늘에선 한 달에 한 끼 먹는다. 한 달에 한 끼 식사를 아주 여유롭게 하지. 지상에선 오염이 심해 에너지가 많이 필요하지만. 이곳에선 환경이 좋아 에너지 소모가 거의 없다."

"그럼 한 달에 한 끼 먹는데 남는 시간엔 무얼 하며 지내나요?"

연희가 궁금해 하며 묻는다.

"수행하고, 공부하고, 여행하고, 도담 나누고. 친교를 하지."

"어디에도 귀신, 아니 몸 없는 사람들이 보이질 않는데 사람들이 어디 있어 친교를 해요?"

"보지 않았느냐? 지역이 워낙 넓어 멀리멀리 떨어져 있다. 이곳에선 아무리 멀어도 거리와 상관없이 금방 오갈 수가 있다. 너희도 다녀보지 않았느냐. 멀리멀리 떨어져 있어도 비행기처럼 날아올라 가고, 또 마차로 달려가고, 그러니 거리가 무슨 상관이겠느냐?"

지구에서 사는 우리 인간들은 상상도 못할 일이다. 모두가 꿈꾸는 이상세계일 것이다. 이런 세상을 만들자면 얼마나 많은 세월이 필요할까. 성두는 자신도 책임감이 느껴져 주먹을 불끈 쥔다.

"초립동이 도수를 제대로 받은 모양이로구나."

성두의 생각을 읽은 노인이 초립동이 도수를 확인시켜 준다.

"그런데 한 가지 여쭤볼게 있습니다."

"무엇이냐?"

연희의 질문을 노인이 받아준다.

"이곳으로 온 뒤 밤이 없었습니다. 왜 밤이 돌아오지 않는지 그게 궁금합니다."

"우주1년을 배우지 않았느냐?"

"우주1년하고, 이곳에 밤이 없는 것하고 무슨 상관이라고요?"

"우주1년이 지구 년으로 129,600년이다."

"우주1년이 지구 년으로 129,600년…… 지구1년은 12달. 그럼……."

노인과 주거니 받거니 하던 연희가 나름으로 계산을 해보는 기색이다.

"계산이 나왔느냐?"

"계산법을 잘 몰라서요."

"나누면 되잖으냐. 그건 차차 해보면 알 것이고, 너희가 이곳에 온 지가 30일, 한 달이 됐다."

"예~? 저희가 이곳에 온 지가, 한 달이나 됐다고요?

성두와 연희가 동시에 소스라치게 놀라고 만다.

"놀랄 것 없다. 우주 년으로는 20분 정도이니까."

"네~? 20분이라고요? 저희가 이 하늘에 와서 많은 걸 배우고 돌아다녔는데 20분밖에 안 됐다고요?"

성두는 도무지 말이 안 되는 것으로밖에 생각이 안 된다.

"그러니 조급해하지 말거라."

"지구시간으로 30일, 한 달이 됐다면, 집에서는 난리가 났을 거라고요. 우리가 여기에 온 지 한 달이나 됐다면 요……."

"걱정할 것 없다. 잘 들 있다."

"그걸 어떻게 아시는데요?"

"내가 그냥 있었겠느냐. 여기가 어디냐!"

그렇다면…… 성두는 비로소 안심이 된다.

"그래. 괜찮을 거야."

성두가 연희를 안심시킨다.

지금까지 하는 것으로 보아 허튼 사람이 아니고, 또 조상이니 만치 자손이 자식을 잃어 걱정하도록 내버려두지는 않았을 거란 생각은 든다. 그렇다면야…….

동물 그리고 바위

　밖으로 나오는데 들어올 때는 못 보던 드넓은 초원에 동물들과 조류들이 한가로이 노닐고 있다. 얼룩말, 호랑이, 사자, 치타, 가젤, 코끼리, 캥거루, 코뿔소, 물소, 거북이, 여우, 늑대, 곰, 원숭이 등이 함께 섞여 노닌다. 독수리, 부엉이, 혹부리, 까마귀, 매, 까치, 두루미, 학, 제비, 참새, 나비, 앵무새 등 지상에 있을 만한 날짐승들이 모두 함께 어우러져 하늘을 날고 있다.
　천적관계의 동물들이 쫓고 쫓기는 일 없이 자유롭게 풀을 뜯고 있는 모습들, 저런 일이 가능한가. 보고 있는데도 믿어지지가 않는다.

"호랑이, 사자, 치타 등 포식자들이 많은데 작은 동물들이 어떻게 저렇게 태평스러울 수가 있어요?"

"잡혀 먹힐 일이 없는데 도망칠 일이 있겠느냐?"

"맹수들이 작은 동물들을 잡아먹지 않는다고요? 저기 작은 동물들은 모두가 맹수들의 밥이잖아요? 맹수들이 작은 동물들을 잡아먹지 않으면 그럼 어떻게 살아요?"

"풀을 먹지."

"맹수가 풀을 먹어요? 어떻게 그럴 수가 있어요?"

연희는 도무지 이해가 되지 않아 머리를 내두른다.

"그렇지 이해가 안 될 일이지. 이곳이 어디냐. 하늘에서 서로가 잡아먹고 잡아먹혀서야 되겠느냐. 그래서 풀도 풀 나름이란다. 호랑이, 사자, 치타가 먹는 풀은 육식성분으로 된 풀이고, 초식 동물이 먹는 풀은 초식성분으로 된 풀이다. 그러니 지상에서처럼 잡아먹겠다, 먹히지 않겠다, 해서 쫓고 쫓길 일이 있겠느냐? 그게 바로 조화선경 즉, 조화롭게 어우러진 세상인 것이니라."

"……그럼 새들은 요?"

"벌레 성분으로 되어있는 열매를 먹지."

"벌레들은 요?"

"액 성분으로 되어 있는 걸 빨아먹고."

"그렇게 되면 잡아먹고 잡아먹힐 일이 없는 거네요. 야~ 하늘에서 본 것 중에 제일 멋진 일이에요. 그렇지?"

연희가 성두를 돌아보며 묻는다.

"어떻게 그럴 수가 있다는 것인지 신기해 너무 신기해."

성두가 아리송해한다.

"지상에서도 저렇게 될 수 있다면……."

"물론 그렇게 되지. 지상선경이 되는 것이니까."

"세상에나! 서로가 서로를 해치지 않는다?"

연희도 오랜만에 표정이 밝아진다.

"너무 좋다. 이보다 더 좋은 세상이 어디에 있어?"

"그래. 그래서…… 우리가 이곳에 올 때 나무들이 우리 들으라고 떠벌여대고, 또 짐승들도 그랬잖아. 이제야 알겠어. 나무들과 동물들은 우리가 이곳으로 오는 것에 대해 알고 있었고, 지상선경이 되는 것도 알고 있었던 거야. 그래서 천적관계인 모든 동물들이 한자리에 모였던 것이지. 사람들은 물론이고 우리도 모르고 있었잖아."

"그래. 나무와 동물들이 그랬잖아. 인간은 욕심, 이기심으로 영성을 잃었다고. 그때는 별 쓸데없는 소리를 다 한다싶어 비웃음이 나왔지만 이제와 보니 나무와 동물들이 대단해 대단히. 만나면 고맙다고 해야겠어."

"그래."

연희의 말에 성두가 머리를 끄덕이고는 동물들과 날짐승들의 평화로운 전경을 보면서 장차 다가올 세상을 그림으로 그려 본다.

"저기를 좀 봐."

연희가 나무와 바위만 있을 뿐인 산을 가리키며 외마디 소리를 지른다.

"어디?"

"저기, 저 산."

"산이 왜?"

"저기 바위 있잖아."

"바위?"

"바위가 웃고 있어."

"바위가 웃는다고?"

"자세히 보란 말야."

성두가 눈을 찌그리며 바라본다.

그러자 뽀얀 바위의 웃고 있는 모습이 들어온다.

어떻게……? 사람처럼 웃고 있다. 저럴 수가……! 그런데 옆의 바위도, 그 옆의 바위도, 웃는 바위들이 하나 둘이 아니다. 보고 있으면서도 도무지 믿어지지가 않는다.

맘씨 좋은 아저씨들이 자애롭게 웃고 있는 모습들이다. 사람이 아닌 바위들이 웃는다? 붙박이로 틀어박혀 움직일 수 없는 바위들이 무엇이 좋아 저리 웃는다는 걸까.

'모든 만물이, 그러니까 바위에서부터 자그마한 풀에 이르기까지 모두가 저렇게 웃으면서 산다? 지상에서도 그리 된다? 그것이 조화선경이다?'

"앞 세상은 만물이 모두 저렇게들 산다."

"지상은 지금 환경오염으로 숨쉬기도 어려워요."

"그래서 개벽이 되어야 하는 것이지."

노인은 그리 말하면서 아름드리나무가 있는 곳으로 스르르 다가간다.

"이 나무는 사과나무다. 사과를 달라고 해보아라."

"따는 게 아니고 달라고요?"

"나무가 사과를 줘요?"

성두와 연희가 나무를 올려다보며 의아해한다.

그 순간 놀랄 일이 아니라는 생각이 든다. 이곳에 오던 날 서당골 나무들이 말을 하고, 이쪽저쪽으로 쓰러지고 일어서기를 반복하면서 파도타기를 했고, 또 이곳 하늘의 나무에서는 옷과 신발을 내려주었다. 그런 생각으로 사과나무에 손을 내밀어본다. 그러자 사과나무의 가지가 성두의 손에 사과 한 알을 내려준다.

"이런 식으로 과일을 받는다면 나무와 사이좋게 지낼 수 있을 것 같요. 나무에서 과일을 딸 때 왠지 미안한 생각으로 떳떳하지가 못했었거든요."

"이곳에선 모두 사이가 좋을 것 같아. 주고받으니까요."

연희는 참 좋은 현상이라 생각하며 노인을 따라 다른 나무 아래로 다가간다.

"이건 옷 나무다."

"옷나무?"

"옻이 오른 옻나무가 아니고 입는 옷 말이다."

"이 옷처럼요?"

연희가 자신이 입고 있는 옷을 가리킨다.

"그렇지. 네가 입고 있는 옷도 나무에서 받은 것 아니더냐. 그런데 오늘은 내가 선물을 주마. 부모님께 드리고 싶은 옷을 생각하며 손을 내밀어 보거라."

"제가 생각하는 옷을 준다고요?"

"물론이다. 아까 음식도 그렇게 먹지 않았느냐."

음……. 연희는 한참을 생각한 후에 손을 내민다. 그러자 정말로 연희가 생각한 옷이 내려온다.

"세상에~~ 이런 일이……."

옷을 받아든 연희가 감격해한다.

연희의 감격해하는 모습에 성두가 팔에 걸쳐진 진달래색 한복을 들춰본다.

"꿰맨 게 아니네? 세상에 어떻게 이런 옷이……? 꿰매지 않고 만들어진 옷은 없는데. 이건 도무지……."

"너도 손 내밀어봐."

"그래. 너도 부모님께 드릴 옷을 청해보아라."

성두는 솔직히 엄마가 뭘 좋아하는지 알 수가 없다. 그래서 그냥 연희처럼 진달래색 한복을 생각하면서 손을 내민다.

그러자 성두에게도 연희가 받은 한복을 내려준다.

잠자리 날개처럼 가뿐하다. 꿰맨 자국이 없는데다가 색상이 예쁘고 매끄럽다. 엄마가 좋아하겠다는 생각이 든다.

"효자 효녀로고."

노인이 흐뭇해한다.

"기특하게도 둘 다 어머니 옷을 택했구나."

하지만 노인의 말처럼 어머님께 별로 잘해드린 일이 없어 효자 효녀로는 생각되지는 않는다.

"가문을 대표해서 하늘로부터 초대를 받았으니 그 정도면 효자효녀라고 할 수가 있지."

그렇지만 성두는 하늘로부터 초대받은 것에 대한 사명감 같은 것이 여전히 실감나질 않는다.

"다음 세상은 이렇게 옷과 과일 같은 것을 나무에서 따서 입고 먹으면서 사나요?"

연희는 성두와 달리 무엇보다도 나무에서 받아먹고 입는 것에 대한 호기심이 많다.

"그렇지. 그게 조화선경이고 친환경이라는 것이지."

그렇다면 모두가 간절하고도 간절하게 바라는 아름답고 이상적인 세상. 이처럼 직접 받고 보니 정말 꿈만 같다.

"환경문제가 전혀 없겠어요."

"자연에서 자연으로 돌고 도는 순환방식이니 환경문제는 있을 수 가 없지. 보다시피……."

"꿈만 같아요."

"이런 세상이 되도록 하자면 너희들이 주어진 임무를 차질 없이 이행해야 할 것이야. 알겠느냐. 그러자면……."

어딘가로 또 가려는가.

마고

 밖엔 이미 마차기 대기하고 있다.
 "올라타라."
 성두와 연희는 노인이 하라는 대로 마차에 올라탄다. 마차는 위로 솟구쳐 얼마를 날아다가 아래로 내려앉는다.
 세상에나! 이건 또 뭐야. 마차에서 내린 성두와 연희는 눈이 화등잔처럼 벌어진다. 이곳은 꽃이 만발한 정원이다. 끝도 없는 널따란 정원. 꽃 모자를 쓴 듯 한 키가 큰 나무들.
 성두와 연희는 넋을 잃고 바라본다. 나무마다 하얀 꽃이 만발해 있다. 이파리들도 반짝반짝 윤이 나는 게 아름다운 장면이다. 그런데 보니…….

"자세히 봐."

"연꽃 모양이야 연꽃."

연희가 둥그레진 눈으로 나무들을 바라보며 소리친다.

"그러게."

나무에서 연꽃이라니…… 성두가 생소하다는 듯 머리를 갸웃해한다. 그렇지만 참 아름답다.

"그러네? 물에서 피는 연꽃이 저렇게 큰 나무에서도 피다니? 참 별일이야 별 일."

"허긴. 별일이랄 것도 없지 뭐. 이곳은 하늘이니까. 우리가 사는 지구하고는 완전히 다르잖아."

"그래 그렇지. 이곳이 어디야? 우리 잣대로 보면 안 되는 하늘이잖아. 그건 그렇고……."

"저희 구경 좀 하면 안 될까요?"

성두가 청해보려고 하는 참에 연희가 노인에게로 다가가 요청한다.

"그러려무나."

"고맙습니다."

"우리 저쪽으로 가보자."

연희가 감사의 인사를 하고는 성두의 손을 잡아끈다.

"저~~기……."

잔디밭 가장자리로 가던 성두가 나무아래를 가리킨다.

"그러게 저게 뭐지?"

"동상 같아."

"무슨 동상들이지?"

눈에 익은 저 많은 동상들, 성두와 연희가 잔디밭 가장자리의 동상 앞으로 가까이 다가간다.

"저건……."

"많이 보던 동상들인데? 지리산 노고단에서도 봤어."

"그래. 마고. 마고상이야."

연희의 말에 성두가 머리를 끄덕인다.

"한라산에도 있더라."

"한라산뿐이야? 우리나라 산 곳곳에 있어."

"그래. 그런데 그 동상들이 이곳에 이렇게나 많지? 지구에 있는 마고 동상들을 다 모아다놓은 것 같아."

"그런데 이곳에 마고상이 무엇에 필요해서 이렇게나 많이 세워놓았다는 것이지?"

"그러게……."

연희의 말에 성두가 고개를 갸웃한다.

"이제 오너라."

마고 상에 대해 주고받는데 노인이 부른다.

"다 보았느냐?"

"웬 동상들이 그렇게 많아요. 대한민국에 있는 동상들을 다 갖다 놓은 것 같아요. 마고상인 것 같은데 마고 동상들이 이곳에서 무슨 필요가 있어 다 모아다 놓았는지 모르겠네요?"

"모아다 놓은 게 아니고, 원래부터 이곳에 있던 것이다."

"원래부터 이곳에 있었다고요?"

"무슨 필요가 있어서요?"

"개벽과 관련이 있으니까."

"개벽과 마고 상……?"

"관련이 있지. 이따가 보면 알게 된다."

"그래도 그렇죠. 마고상이 무슨 필요가 있다고요?"

"마고님이 인류 시조시니까."

"마고님이 인류 시조라고요?"

"마고님이 인류 시조?"

성두와 연희가 경악해한다.

"너희들은 지상에 있는 것과 똑같은 동상들이 이곳에 있으니 그게 이상하다는 것일 테지?"

"……그렇지요. 이해가 안 되어서요."

"너희들 생각으로는 그럴 테지. 허나 지상에 있는 마고님 동상들은 하늘의 것을 본 따 만들어진 것이다. 하늘에 있는 마고 상들이 원래의 마고 상이니까. 그런데 어떻게 지상의 마고 상들이 하늘의 마고 상들과 똑같은 것이냐? 그건, 하늘의 마고 상들이 사람의 마음에 감응이 되어 그대로 만들어지게 되었던 것이지. 알겠느냐?"

"그래도요······."

연희는 여전히 의문이 풀리지 않는다는 기색이다.

"이곳이 어디더냐?"

단호하게 잘라 말한 노인의 그 한마디에 연희는 더 할 말이 없다. 이곳 하늘에선 불가능이란 없을 것이니까.

"자 이쪽으로 오너라."

성두와 연희는 그런 쪽으로 결론을 내리고는 노인을 따라 정원 한 가운데로 걸어 들어간다.

"이곳으로 오실 분이 계신다."

노인이 정원 가운데로 들어서며 말한다.

지금까지는 모든 분들이 건물의 실내로 오셨고, 실내에서 만남이 이루어졌다. 그런데 실내가 아닌 바깥 정원으로 오신다고? 성두와 연희는 어떤 분이시기에 밖으로 오시는가 싶어 긴장이 된다.

"자 하늘을 보아라."

그때 하늘에서 별, 북두칠성이 회전을 하면서 내려온다.

"……? 북두칠성 아닌가요? 그런데 왜 북두칠성이 내려오는 거죠?"

북두칠성별은 학교에서 배워 알고 있다. 거기다 초저녁 하늘에서 확인하기도 했었다.

"귀한 분이 타고 내려오신다."

"북두칠성을 타고요?"

성두와 연희는 어떤 분이 오실지 도무지 짐작도 되지 않는다.

"보면 알게 될게다."

순간 칠성 별, 여섯 개의 별들은 온 데 간 데가 없고 은백색의 별만이 빙글빙글 돌면서 내려오고 있고, 노인은 내려오는 별에서 눈길을 떼지 못하고 있다.

눈앞에서 내려와 멎는데 쏟아져 나온 은백색 빛으로 눈이 부셔 바라볼 수가 없다.

"이제 됐다. 눈을 떠라."

노인의 말에 감겼던 눈꺼풀을 들어 올린다. 그러자 순간 상상할 수도 없는 장면이 눈앞에 펼쳐져 있는 것이다.

"마고님이시다."

"마고님??"

하얀 할머니, 하얀 옷에 하얀 살갗, 눈이 부시다. 눈앞에 펼쳐진 광경에 성두와 연희는 아연해지고 만다.

"어서 오십시오."

"반갑습니다."

하얀 할머니와 노인이 인사를 주고받는다.

"마고님이시다. 인사 올려라."

마고님과 인사를 주고받은 노인의 말에 성두와 연희가 인사를 올린다.

"이 아이는 성두라고 하고, 이 아이는 연희라고 합니다."

노인이 성두와 연희를 소개시킨다.

"와주었구나. 만나게 돼서 반갑다."

마고님이 성두와 연희에게 손을 내민다.

"저희도 반가워요. 그런데 저희가 알고 있는 마고님과는 다르네요."

"어떻게 다르다는 거냐?"

"한국엔 곳곳에 마고상이 있어요. 저 위는 지리산 노고단에 있는 마고상이고요, 이 아래는 마고, 궁희, 소희의 삼신도고요."

"그렇구나."

"제가 아는 건 마고할미예요. 저는 마고할미가 삼베옷을 짰다고 들었거든요."

"그렇지. 세상이 생기면서 바로 옷을 짜기 시작했으니까. 삼베라는 실로 짰는데 지금도 더러 입는 이가 있을 것이다."

"예. 저희 집에서도 할아버지 할머니가 입고 계세요."

"그렇구나."

연희의 말에 마고가 흐뭇하게 웃어 보인다. 치아도 하얗고, 얼굴도 하얗고, 머리도 새하얗고, 거기다 옷까지 온통 백색으로 눈이 부시다.

"오늘은 아주 특별한 날이란다. 만 삼천년을 기다렸던 날이니까."

만 삼천년? 만 삼천년? 만 삼천년이라고? 성두와 연희는 만

 삼천년이라는 숫자에 그만 아연실색해지고 만다.
 "그럴 것이다."
 성두와 연희의 의중에 마고님이 흐뭇해하며 머리를 끄덕인다.
 "이번 주기에 너희에게 선물을 주러 온 것이니까."
 이번 주기는 무엇이고, 선물은 또 무엇이라는 것인지 알아들을 수가 없다.
 "이번 주기라는 게 뭐예요?"
 연희가 조심스럽게 묻는다.

"궁금할 테지."

"궁금해요."

"주기란 하도낙서에서 나오는 그 주기를 말함이다. 개벽과의 연관이기도 하고. 알겠느냐?"

"예. 들어서 알고 있습니다. 하지만 선물에 대해서는……?"

이번에는 성두가 나선다. 선물을 준다고 하는데 아무리 생각해봐도 마고님으로부터 받아야 될 선물이라는 게 있을 것 같지가 않고…… 떠오르지도 않는다.

"그럴 것이다."

"그럼 시작하실까요?"

잠자코 있던 노인이 마고님의 의견을 묻는다.

"그러십시다. 이 아이들을 잔디밭에 앉도록 하십시오."

성두와 연희가 잔디밭에 나란히 앉는다.

"살며시 눈을 감아라."

성두와 연희는 시키는 대로 눈을 감는다.

"지금부터 너희 몸속으로 꽃들이 들어갈 것이다. 감사하는 마음으로 머리에서부터 온 몸으로 받아들여라."

"꽃들이 들어온다고요? 무슨 꽃들이요?"

연희가 따지듯이 묻는다.

"여기 나무들에 핀 꽃들 있지 않으냐."

"저희들은 꽃 이름을 알지 못하는데요?"

"선녀 화니라. 선녀 화 이 꽃들을 받아들이면 되느니라."

"선녀화요? 연꽃 같아요."

"연꽃은 색이 있지만 저 꽃은 백색 아니냐."

"그렇다면 저 꽃들을 받아들이면 선녀가 되나요?"

"물론이다."

'선녀가 된다고? 그래서 선녀 화? 선녀 화……?'

마고님의 말에 연희는 좋다. 신선이라면 비행기나 차를 타지 않고도 어디든 마음대로 다닐 수가 있다. 연희는 어디든 마음대로 날아다니는 새들이 부러울 때가 있었다.

"제가 선녀가 되면 성두는요?"

"신선이 되지."

휴~~ 연희는 다행이다 싶어 한숨이 절로 나온다. 선녀와 그냥 남자라면 운명이 갈려 헤어질지도 모르잖은가. 이곳 하늘에선 더더구나 …….

성두와 연희는 비로소 마음을 가다듬고서야 지그시 눈을 감는다. 그러자 순간 실제로 하얀 꽃들이 마구 쏟아져 내려온다. 성두와 연희는 마고님의 말씀에 따라 쏟아져 내려오는 꽃들을 마음으로부터 받아들인다. 그러자 실제로 몸 전체가 꽃으로 화해버리는 황홀경에 빠져 들어버린다.

"이제 눈을 떠라."

얼마쯤 지났을까. 마고님의 말씀에 따라 슬며시 눈꺼풀을 걷어 올린다.

"어떠냐?"

"마음이 가뿐해요. 몸에서는 향기가 나고요."

"그럴게다. 이제 너희는 면역력의 강화로 바이러스가 침입을 못할 것이다."

"예~~? 면역력이 강화돼요?"

꽃을 받아들인 것으로 면역력이 강화된다고? 어떻게 그럴 수가…… 연희는 도무지 이해가 되지 않는다.

"머리로 이해가 되는 일이겠느냐. 몸이 빛으로 들어차서 바이러스가 침입할 수 없게 된 것이지."

"그래도……."

연희가 머리를 절래, 절래 내두른다.

"머리로 이해가 되겠느냐."

연희가 아리송해 하는데 노인이 나선다.

"이제 되셨습니까?"

노인이 마구님에게 묻는다.

"이만하면 바이러스가 창궐해도 침입하지 못할 것이니 됐습니다."

"해야 될 일이 있는 아이들이니 당연히 그래야지요. 수고가 많으셨습니다."

"무슨 말씀을 요. 당연히 해야 될 아닙니까. 저의 책무이기도 하고요."

마고님과 노인이 주고받는 말에도 성두와 연희는 도무지 이해가 되지 않는다.

"너희에겐 주어진 임무가 있다. 만날 사람 만나야 하고. 그러니 명심해하도록. 알겠느냐."

"……"

대답은 했지만 주어진 임무가 무엇이라는 것인지, 성두의 머리로는 이해가 되지 않는다.

"…… 다음에 보자꾸나."

그때 언제 내려왔는지 집채만 한 별이 벌써 대기해 있다. 마고님이 손짓을 해보이며 백색의 별빛에 휩싸이는 순간이다. 하늘로 솟았는지 땅속으로 꺼져들어 버렸는지 간 곳이 없다.

"가자꾸나."

눈 깜짝할 사이에 사라져버린 마고님의 흔적에 허탈해하고 있는 성두와 연희를 노인이 일깨운다.

"이번엔 어디로 갈건 데요?"

연희가 마고님이 사라져버린 것에 못내 섭섭해 하며 묻는다.

"피곤한 모양이로구나."

"……."

항상 어디를 가고, 무엇을 한다는 설명이나 정보 없이 데리고 다니는 것에 지쳐갔고, 더구나 마고님까지 사라져버리니 심통이 날만큼 서운할 수밖에…….

"피로할 때도 됐다. 이제 기운을 돋워 줘야겠구나."

하늘음식

"가기 전에 이곳 음식을 못보고 가야 되지 않겠느냐."

음식? 음식이라고? 음식이라는 말에 성두와 연희가 반짝 호기심이 인다.

"무슨 음식 요? 밥 먹는 거예요?"

"다 있다. 먹고 싶은 대로."

"뷔페 식요?"

"그렇다고 봐야지."

"그럼 어디서 먹을 건데요?"

"따라 오너라."

밖으로 나왔지만 마차는 보이지 않는다. 대신 노인이 꽃밭을 지나 스르르 앞으로 나아간다. 성두와 연희도 노인의 뒤를 따른다. 노인처럼 걷지 않아도 스르르 나아가지게 된다.

노인이 멎은 곳은 '냠냠'이라 쓰인 간판 앞이다.

"들어가자꾸나."

"냠냠. 무슨 간판이에요?"

연희가 머리를 갸웃해하며 묻는다.

"ㅎㅎㅎㅎ"

연희의 물음에 노인이 호방하게 웃는다. 처음 보는 노인의 호방한 웃음이다. 늙은이가 웃으면 주름파문이 지기 마련인데 노인은 얼굴에 전혀 주름이 없다.

"냠냠. 맛있게 먹는다는 말 아니냐."

냠냠, 맛있게 먹는다고? 생각지도 못한 말에 성두와 연희에게서 쿡쿡 웃음이 터져 나온다.

"그렇게 우습냐?"

"예. 냠냠 맛있게 먹는다는 말은 들어봤어도 냠냠 간판이란 건 처음 봐요. 지구상에는 저런 간판이 없어요."

"이곳에도 없다."

"저기 있잖아요."

"그건 너희들 재미있으라고 부러 단 거란다."

"저희 재미있으라는 간판요? 그러게요. 재미있네요. 지칠 판인데 힘이 나요."

"먹는 것도 냠냠 힘이 날 게다."

노인의 그 말만 들어도 군침이 돈다. 그리고 보니 이곳에 온 지 꽤 시간이 흐른 것 같다. 그런데 음료수 한 잔도 마셔보지 못했다.

"자 들어가자꾸나."

노인이 다가서자 스르르 문이 열린다.

성두와 연희도 노인을 따라서 안으로 들어선다.

이곳도 밖에서는 실내가 보이지 않았다. 그런데 안에서는 밖이 훤히 바라다 보인다. 반짝반짝 윤기 나는 나무들과 각양각색의 꽃들로 아름다운 정원이다.

"저 가운데로 들어가서 앉아라."

노인이 안쪽을 가리킨다.

실내는 교실 두 배 정도의 크기다.

성두와 연희는 안쪽으로 들어가 식탁에 마주 앉는다.

"와 ~ 근사하다."

성두가 보석처럼 반짝이는 황금색 원탁을 어루만지며 감격해한다.

"의자도 그래."

연희는 식탁과 마찬가지로 반짝이는 황금색 의자를 이리저리 살펴보며 감탄스러워한다.

"옆에 서랍이 있다."

노인의 말대로 옆에 서랍이 있다.

"서랍 옆에 벨이 있고. 먹고 싶은 음식을 떠올리며 벨을 누르면 그 음식이 나온다. 여러 가지를 떠올리면 더 많은 음식이 나오고."

"떠올린 음식이 나온다고요? 어떻게 그런 일이?"

"여기가 어디냐? 너희가 이곳에 올라왔던 걸 생각해 보아라."

"그렇죠."

의문스러워하던 성두와 연희는 그제야 노인의 말이 믿어지거나 말거나 그냥 머리를 끄덕일 따름이다. 그리고는 어쨌거나 각자 먹고 싶은 음식들을 떠올리며 버튼을 누른다.

"이제 서랍을 잡아당겨 보아라."

노인이 시키는 대로 서랍을 잡아당겨본다.

"어머나!"

서랍을 잡아당긴 연희가 소스라치게 놀라고 만다. 그리고는 연희가 떠올렸던 밥, 된장찌개, 야채샐러드, 단호박 찜, 김치를 꺼내놓고,

성두는 스파게티, 피자, 굴전, 삶은 가재, 총각김치를 꺼내놓는다.

"둘의 음식이 다르구나. 또 다른 음식이 먹고 싶으면 더 눌러도 된다. 자, 그럼 감사하는 마음으로 먹자꾸나."

노인은 감, 밤, 대추, 사과, 복숭아, 그 밖에 이름 모를 것들을 꺼내놓는다.

성두와 연희는 머리 숙여 감사를 표하고 나서 먹기 시작한다. 그런데 노인은 음식을 먹지 않은 것 같은데 앞에 놓인 음식들이 없어진다.

배가 고팠던가. 허겁지겁 먹고서야 나머지 음식들은 느긋하게 맛을 느껴가며 먹는다.

"맛이 있었느냐?"

얼마를 먹었을까. 다 먹었을 것이라고 생각한 노인이 묻는다.

"정말 맛있어요. 이런 음식 처음 먹어봐요."

"지상의 음식과 어떻게 다르더냐?"

"맛이 깔끔해요. 싱싱하고 향이 좋고, 친환경적인 것 같아요."

"앞으로는 그렇게 먹고 살게 된다."

성두와 연희는 실감은 되지 않지만 그렇게 되면 얼마나 좋을까를 생각해본다.

"그런데 언제 드셨어요? 저희는 드시는 걸 못 봤는데요."

"너희가 못 봐서 그렇지 나도 실제로 먹었다. 과일은 흠향을 하기도 한다."

"흠향이라면 제사음식은 없어지지 않잖아요? 그런데……."

연희는 노인이 흠향이라고 하면서 과일들이 없어졌기에 하는 말이다.

"실제로 음식이 없어져버릴 것 같으면 제사 지낼 자손이 있겠느냐?"

"그래서 안 드시는 건가요."

"지상과 이곳은 다르다."

"그런데요……. 인존시대라는 것이 뭔지……. 궁금해요."

"앞으로도 너희는 지구에서 산다. 새로워진 지구에서. 지구에서 살게 되는 그게 바로 인존시대라는 것이다."

'개벽이 되면 부셔지고 망가지는 것으로 알았는데…… 그게 아니라니, 다행이다 싶다.'

"그러냐?"

연희의 의중을 읽은 노인이 배시시 웃는다.

"음식이란 씹어 먹는 게 맛있는데요. 이곳 음식도 씹어 먹을 수 있어 너무 좋았어요. 배만 부르지 않으면 얼마든지 먹을 수 있을 것 같아요."

"그렇지. 너희들은 그렇게 먹고 살게 된다."

"그럼 이곳은요?"

성두와 연희는 이곳 하늘에 계신 분들이 먹는 것은 보질 못했다.

"그건…… 개벽이 되고나면 알게 된다."

"……."

성두와 연희는 굳이 자신들이 알아야 될 일이 아니라는 생각에 관심을 거두어버린다.

"자 먹었으니 이제는 나가자꾸나."

포만감 때문인가. 그러거나 말거나 노인의 말에 신경이 쓰이지 않는다.

이별

밖으로 나온 노인에게서 가려는 느낌이 전해져온다.
"저희 먼저 보내주고 가시면 안 되나요? 이곳에선 사라지고, 사라지고…… 그런 그게 너무 싫습니다."
"그랬더냐?"
그 말에 노인이 싱긋이 미소를 지어 보인다.
"누가 됐든 알려주고는 사라지고, 사라지고…… 허전해서 싫었습니다."
"그랬더냐."

"그래서 이번에는……."

"너희 마음은 알겠다만 서운해 할 것 없다. 곧 만나게 되니까. 안 보이더라도 너희들 곁에는 항상 내가 있을 것이고. 그건 그렇고 이거 받거라."

노인이 성두의 목에 뭔가를 걸어준다.

"이것이 무엇입니까?"

"너희들 이동디스크 쓰지 않느냐?"

"저희가 쓰는 유에스비요?"

성두가 목에 걸린 물체를 들어 보이며 묻는다.

"그렇지."

"그런데 이걸 무엇에 쓰는데요?"

"공개하게 될 것이다."

"공개하게 된다고요? 어떻게요?"

"일이 그렇게 전개가 된다."

'어떤 식으로요?'

성두로서는 도무지 이해가 되지 않는다.

"일이 그렇게 전개가 된다고 하지 않느냐. 그렇게 펼쳐질 것이니까 미리부터 걱정할 건 없다."

그렇더라도…… 이해는 되지 않는다.

"이게 있음으로 해서 만날 사람을 만나게 되고, 해야 될 일을 할 수가 있게 된다. 그렇게 알고 있으면 된다."

"그렇다면 이 안에 뭐가 들어있는데요?"

"이곳에서 지낸 너희들의 일상생활이다."

"저희들의 일상생활이라고요? 그럼 녹화가 되었다는 건가요?"

"녹화라기보다 자연적으로 새겨지게 된 거지."

"자연적으로 새겨져요? 이해가 되지 않습니다."

"그럴 테지. 지상하고는 다르니까."

"그런데 저희의 일상생활이 무슨 필요가 있어서 새겨 넣었다는 건가요?"

"모두가 알아야 되는 정보다."

"그렇다면 언제부터 새겨지게 되었던 건가요?"

"너희가 이곳으로 들어서는 순간부터다."

그렇더라도…… 자연적으로 새겨졌다고 하지만 USB에 입력이 되자면…… 곳곳에 cctv라는 것이 설치되지 않고서야…… 성두는 충격에 휩싸이고 만다.

"이곳은 CCTV라는 것이 없다. 너희를 감시하지도 않는다."

노인의 설명에도 성두의 의구심은 풀리지 않는다.

"이해가 되지 않습니다. 장치에 의해서 입력이 되는 것이거든요."

연희도 반문하고 나선다.

"너희로선 그럴 것이다. 지금은 선천이니만치…… 머지않아 알게 될 일이다. 지금은 그렇게만 알아 두라."

그때 남자가 다가온다.

"어인 일인가?"

"여객선이 침몰됐다고 합니다."

"여객선? 어느 나라 여객선?"

"대한민국 여객선이랍니다."

"대한민국에서? 그렇다면 승객들은?"

"200명 정도는 구조가 되고, 300명 정도가 수장이 됐다고 합니다."

"저런! 저런!"

"수장된 영혼들은 모두 하늘로 올렸답니다."

"당연하지."

"한국 어디에서요?"

둘의 대화를 듣고 있던 연희가 소스라치게 놀라워한다.

"내려가면 알게 된다. 하늘로 올렸다고 하니 걱정 말아라. 너희는 너희에게 주어진 일만 하면 된다. 그럼 이제……."

노인도 여기까지인 모양이다.

"나도 여기까지다. 너희들이 바라는 대로 너희를 보내주고 가도록 하마."

밖으로 나온 노인이 진심어린 모습으로 성두와 연희의 손을 잡아준다.

"저희를 집으로 보내주시는 건가요?"

"너희들이 바라던 거 아니냐?"

"꿈만 같아요."

왠지 모르지만 이렇게 빨리 집으로 보내줄 줄은 몰랐다. 사실 이곳 환경과 생활이 평화롭고 아름다워 집으로 빨리 가고 싶다는 생각이 들지는 않았다.

"싫으면 여기서 살아도 좋고."

"아, 아, 아, 아니에요!"

연희의 의중을 꿰뚫은 노인의 말에 연희가 화들짝 손사래를 친다.

"ㅎㅎㅎ 그리 나올 줄 알았지. 붙잡지 않을 테니 염려 말고 잘 가도록."

"대령했습니다."

그때 마차가 나타나고 안에서 소리가 들린다.

거북이와 몸뚱이가 비늘로 된 말이 서있을 뿐 사람은 없다.

말의 등에는 동그라미들이 일정한 간격으로 배열이 되어있다. 하도모양이다.

거북이 등에는 낙서 모양의 동그라미로 되어있다. 1300년의 간격을 두고 용마와 거북이의 등에 드러난 동그라미 모양이 저렇게 비슷할 수가 있다니⋯⋯ 인위적으로 만들어진 건 아닌 것 같다.

뒤이어 두 남자가 모습을 드러낸다.

하늘에 오를 때 성두와 연희를 데리고 왔던 그 남자들이다.

"우리와 함께 가시면 됩니다."

"올 때처럼 요?"

"그래요."

"그렇다면 당신들을 뭐라고 불러야 되죠?"

"그림자처럼 붙어 다니니 따로 부를 필요는 없을 겁니다."

같이 다닌다면 든든하기는 하겠다. 그런데 돌아가서 해야 될 자신들에게 주어진 임무라는 것이 무엇이고, 저들과 초립동이 관계는 무엇이라는 것인지, 만날 사람은? 자연히 만나게 될 것이라고 했다. 미리 걱정하지 말라고도 했다. 그렇다면 마음을 내려놓아야할 일이다.

"옷은 올 때 입었던 것으로 바꿔 입는 게 좋겠습니다."

"이 옷이 어때서요?"

"부모님께서 보시면 처음 보는 것에 놀라워하지 않겠습니까?"

이 옷을 보고 놀라워한다고? 그제야 성두는 자신의 옷차림을 살핀다. 머리에는 초립, 옷은 바지저고리, 연희는 한복. 평소에 입던 옷도, 이 하늘로 오르던 날 입고 온 옷이 아니다. 그제야 성두와 연희는 남자가 지적한대로 하늘로 오를 때 입던 옷으로 바꿔 입는다.

"이제 됐습니다."

입고 왔던 옷으로 바꿔 입고 보니 비로소 자연스럽고 편안해서 좋다. 또 솔직히 천하사라는 것도 막연해서 부담감이 컸는데 잠시겠지만 이들이 곁에 있는 것만으로도 다소 안심이 된다."

"개벽이 되기까지는……."

"험난하다는 거죠."

저들에게서 저런 말까지 나오다니…… 물론 성두와 연희 들으라는 말이겠지만 용마와 거북이라고 생각되는 저들이 저 같은 말을 한다는 것에 놀라지 않을 수가 없다.

허긴…… 들어올 때 나무와 동물들이 말을 하지 않던가. 나무가 옷과 신발을 내려주고, 바위도 웃었다. 그렇다면 흙이라고 웃지 못할까.

성두는 지금까지 언어는 영장인 인간 고유의 영역이고, 세상을 지배하는 것 또한 인간에게 주어진 특권이라 여겨왔다. 인류문명이 언어를 사용함으로써, 도구를 이용함으로써 발전해 온 것이니 그르다고 볼 수는 없을 것이다. 문제는 언어소통이 이루어지지 않음으로 해서, 인간이 동식물을 비롯한 자연계를 무차별적인 횡포를 자행해 오지 않았는가. 그 결과가 오늘날과 같은 파멸을 자초하게 되지 않았는가. 동식물까지 언어를 사용하고, 만물이 언어를 사용한다면, 그래서 소통이 이루어진다면 모두가 꿈꾸는 이상향의 조화낙원이 되지 않겠는가.

지금까지 지상에서 행해지고, 하늘에서 보여준 모든 게 한 집안만 대표하는 개인적인 것이 아니듯, 성두는 지금부터는 자신의 몸도 개인적인 것이 될 수 없다는 자각을 하게 된다. 본인의 선택과는 상관없이 책임은 주어졌고, 상황은 박두에 닥쳐졌다.

'사람도 아닌 것이 사람인 체하는!'

올 때 쥐똥나무가 했던 말이 떠오른다.

마차 안의 사람은 분명 사람이고 남자다. 그런데도 두 남자는 대꾸를 하지 않았다. 오죽하면 뭐가 무서워서 피하냐, 더러워서 피하지 라는 식의 이해를 해버렸을까.

"흑?"

들어올 때…… 성두는 질문을 하려다 입을 다물어버린다.

이 하늘로 오르던 날, 만일 거북이나 용마가 나무를 상대로 대거리를 했다면, 그래서 무섬증이 생겼다면 자신들이 이들을 따라 이곳 하늘로 올 수가 있었을까. 그 얘길 꺼내려다 입을 다물어버린 것이다.

"고마워요."

성두는 함께 해준 것이 고마워 거북이와 용마에게 정중하게 인사를 건넨다.

"저희도 고맙죠."

성두의 마음을 읽은 거북이가 겸손하게 대꾸해온다.

성두가 용마와 거북이를 사람처럼 대해준 건, 하도 낙서, 우주 1년 등 이치라는 것을 알게 되었기 때문이다.

"다음에 보자꾸나. 잘 가라."

지켜보고 있던 노인이 손을 흔든다.

"안녕히 계세요."

"안녕히 계세요."

노인의 짧은 인사말에 성두와 연희도 인사를 한다.

"그럼 다녀오겠습니다,"

남자들도 작별을 고한다.

작별인사를 마치고 마차에 오르자 용마와 거북이가 달려 나간다. 성두와 연희는 점으로 보일 때까지 손을 흔드는 노인에게서 눈길을 거두지 못한다.

얼마를 달렸을까. 마차가 느닷없이 어딘가로 빨려들어 버린다. 올 때 그 동굴, 아니 블랙홀이다. 빨려 들어간 마차는 지극히 고요하고 흔들림이 없다.

 나선형으로 빙글빙글 돌아나가는 마차. 올 때는 벽면이 수행하는 사람들의 모습이었다면 지금은 호화찬란함으로 눈이 부실 지경이다. 활동사진 같은 그림들이 빙글빙글 돌아오면서 앞으로 다가들었다가 뒤로 밀려나가는 형상이다. 밀려나가는 행렬은 흰색과 검정, 빨간색으로 대비가 되는 옛날 고려 식 복장에 의장대처럼 저마다 손에 나팔이 들려있다. 나팔 또한 고려시대 것으로 보인다. 모두가 차려 자세로 서있는데 나팔 불 시간을 기다리고 있는 것 같은 모습들이다. 군사의 행렬은 끝이 없이 이어져 있다.

 의장대의 행렬이 끝날 즈음, 머리를 디밀듯 빙글빙글 돌며 다가온 건 또 다른 군사행렬이다. 드라마, 영화에서 보던 고구려 혹은, 신라, 백제 군사들 복장들을 하고 있다. 앞서 밀려나간 의장대의 행렬처럼 숫자가 엄청나다. 빙글빙글 다가 들어오고 밀려나가는 그림들을 보는 것이 어지럽고 눈이 시리지만 흥미로워 시선을 거둘 수도 없다. 자세히 보면서 가라는 노인의 당부도 있지 않던가.

 하나같이 입은 굳게 다문 모습이고, 서있는 그대로 움직임이 없지만 무작정 서있을 것 같지는 않다. 출정 명령을 기다리고 있을 거라는 생각이 드는데 끔찍한 장면이 펼쳐들어 온다. 무시

무시한 벌레들의 손에 창이 들려 있다. 전염병이 출몰하면 으레 나붙던 슬로건의 모습들이다. 수천만, 아니 수백 억 마리의 엄청난 숫자에 눈이 질끈 감긴다.

눈을 뜨지 못한 상태에서 마차가 덜커덩 요동을 친다. 눈을 뜨고 보니 병균이 사라진 벽면에 지구가 빙글빙글 돌고 있다. 거기다 뒤뚱거리기까지 한다.

언젠가 텔레비전에서 보았던 밀란코비치의 빙하기와 간빙기가 떠오른다. 우리가 살고 있는 지금은 따뜻한 간빙기에 속한다고 했다. 또 지구는 축을 기준으로 자전을 하는데 자전축의 기울기가 23,5도이며 4만년을 주기로 변한다고도 했다.

지구는 팽이가 돌 듯 비틀거리면서 도는데 그걸 세차운동이라고 하며, 23,000년의 주기를 갖고 있다고 했다. 또 지구가 태양 주위를 공전하는데 그 궤도가 조금씩 바뀌어 타원형과 정원형으로 바뀐다고 했다. 그걸 이심률이라고 하는데 10만년을 주기로 빙하기와 간빙기의 주기가 일치한다고도 했다. 빙하기라면 생물이 살 수 없는 환경을 말한다. 하지만 지금으로선 빙하기보다 곧 닥칠 대변혁(개벽)이 문제가 될 것이다.

지금 보인 뒤뚱거리는 장면은 지구가 세차운동을 하고 있는 모습이다. 지구가 뒤뚱거리는 모습으로 클로즈업되면서 거대한 산이 떠오르다가 와르르 무너진다. 또 대지가 나타나면서 지진이 일고 땅이 쩍쩍 벌어진다. 이어 나타난 장면은 지진이 일면서 도로가 갈라지고 갈라진 틈으로 건물들이 곤두박질쳐 들어간다. 일부 무너졌거나 무너지지 않은 건물에선 사람들이 토사물처럼 쏟아져 나온다. 거리로 쏟아져 나온 사람들은 건물이 무너지고 도로가 갈라진 사태에 어찌할 바를 몰라 우왕좌왕한다.
"아~!"
성두의 입에서 비명이 터져 나온다.
"아~아!"
연희의 경악도 잠시, 아비규환이 사라진 벽면이 언제 그랬더냐 싶게 이루 말할 수 없는 밝은 광명이 밀려들어온다. 사람들도 몰려온다. 자신들과 다를 바 없는 까만 머리의 젊은 남자와 여자들인데 흰 가운의 의사 복 차림이다. 저들이라면 죽어 넘어간 사람도 살려낼 수 있을 것 같은 생각이 든다.
갈 때는 없던 장면들이다. 장차 다가올 일을 미리 보여주는 건가. 저런 사태가 벌어진다면? 그렇다면? 성두의 가슴에 의기가 들어찬다. 그 때 흰 깃발을 앞세운 무리가 다가든다. 말 탄 장수들이 몇 개의 흰 가마를 호위하고, 선녀인 듯한 여자들이 뒤를 따르고 있다.
지금까지 보던 영상 장면이 아닌, 실제 사람들 모습이다. 그렇다면 저들은 누구이며 어디로 가고 있는 행렬인가. 궁금하다.

그런데 내달리는 상황에선 말을 걸어볼 여지가 없다.

'세상 떠난 사람(영혼)을 모시고 가는 행렬입니다.'

이심전심…… 신선의 말이 아닌 무언으로 설명해준다.

'어디로요?'

성두도 무언으로 묻는다.

'하늘나라로요.'

'우리가 갔던 그 하늘나라요?'

'그래요.'

"사람이 죽으면 다들 저렇게 가요?"

"그렇지는 않습니다. 의로운 일을 하다 세상 떠난 사람만 저렇게 모셔가고, 남을 해치며 살다 간 사람은 몽둥이로 쳐서 끌고 가기도 합니다."

"가마가 하나 둘이 아닌데? 모두 같은 날 세상 떠난 사람(영혼)들인가요?"

"그렇습니다. 일곱 분이 모두."

"어쩌다가?"

"아까, 배가 침몰됐다는 말 들었지요?"

"그런데요?"

"침몰된 배에서 다른 사람을 살리느라 물에서 빠져나가지 못한 분들입니다."

'…….'

성두와 연희는 이심전심으로 서로를 바라보며 흐뭇해한다.

그때 행렬은 사라지고, 마차가 빛이 들어오는 입구를 향해 전속력으로 내달린다. 내달린다 싶었는데 순식간에 밖으로 튕겨져 나온다.

풍경이 눈에 익고, 상큼한 공기, 향기, 내음이 익숙하다.

'아~ 드디어……!'

"왔어, 왔어! 왔다고!"

성두도 가슴이 벅차오른다. 연희가 아래를 내려다보며 팔짝팔짝 뛴다.

"저기를 봐요."

남자가 가리키는 곳의 아래를 내려다본다.

하늘로 오를 때 환송을 해주던 동물들이 눈에 들어온다.

"아름다운 장면이군요."

'저게 아름다워요? 에구 징그러워!'

연희의 얼굴이 일그러지고 만다.

"동식물이 한마음 한뜻으로 뭉친 그런 아름다운 세상이 되어야겠죠."

"난……."

"연희야."

연희로부터 나올 말을 성두가 제지시킨다.

성두는 연희처럼 동물들이 징그럽지는 않다. 귀여운 동물들도 있다. 아무리 무섭고 못생긴 동물도 새끼들은 귀엽지 않은가. 성두는 강아지, 병아리, 염소새끼 등이 귀여워 그들에게 말을 건네기도 했다.

하늘로 오르던 날처럼 식물들이 줄지어 서서 환영을 하고 있는 모습들이다.

"쟤들은 또 어떻게 알고 저런다지?"

나무들이 몸을 흔들어대는 것에 연희가 투덜댄다.

"맞아."

"그래요, 저들도 개벽이 오는 것을 알아요."

'저들이 안다고?'동식물이? 순간 하늘로 오르던 날, 동식물들이 개벽을 떠벌리던 일이 떠오른다.

문제는…… 인간은 우리가 환히 보는 영성을 잃었다는 것이야. 탐욕 때문이지. 탐욕으로 영성이 흙탕물이 돼버린 거야. 그러니 보이는 게 있겠어? 한 치 앞도 내다보지 못하는 거지. 그런 인간의 손에 우리의 미래가 달려있다는 거 아냐? 그러니 어쩌겠어?

지금까지 우리 모두가 함께 해왔고, 앞으로도 그렇게 되어야

한다는 것이 중요한 거지. 그런 설명도 사실은 잔소리에 지나지 않아.

인간은 알지 못한다는 동식물들의 질타,
"영성이 회복 된 겁니다. 축하드립니다."
'영성 회복?'
회복된 영성 회복으로 무얼 할 수가 있다는 거지? 그렇다면…….
"연희도요?"
"물론이죠."
남자가 머리를 끄덕인다.
"그럼 지금부터 세계 일주에 들어갑니다. 아래를 내려다보세요."
"학습인가요?"
"학습? 그건 아닙니다. 출발합니다."
순간, 하늘로 오르던 그 서당골 골짜기를 벗어나 성두와 연희의 학교 위를 나른다.
학생들이 운동장에서 축구를 하고 있다.
"애들아~! 위를 봐. 우리 여기 있어! 여기 있다고!"
"우리가 저희 머리 위에 있는데도 모르네."

"보이지 않으니까요."

성두의 투덜거림에 남자가 일러준다.

"……."

성두와 연희는 아래를 내려다보면서 말 한마디 나눠보지 못한 것이 내내 아쉽고 서운한 것이다.

광속으로 하늘을 나는 데도 속도감은 전혀 느껴지지가 않는다.

"내려다보십시오. 미국의 미시피시입니다."

'벌써?'

"그런데!"

방대한 도시가 쑥대밭이 돼버린 광경에 성두와 연희가 경악을 금치 못한다.

주택들이 해체되어버린 모습이고, 뿌리째 뽑혀져나간 가로수들은 도로마다 널브러져 있다. 자동차들도 찌그러져 나뒹굴어 있고, 전신주들은 넘어지거나 부러져 도로가 막힌 처참한 광경이다. 어찌하여 이 같은 참화가 벌어져 있다는 건가.

"토네이도…… 바람 요?"

미국의 토네이도, 뉴스를 통해 더러 본 일은 있다. 그때는 남의 나라에서 일어난 일에 별 관심이 없었다. 그런데 직접 눈으로 보고 확인이 되고 보니, 지역은 광활한데 산이 없어 바람이 일수밖에 없겠다는 생각이 든다.

"그렇지요."

성두의 심정을 꿰뚫은 신선이 덧붙인다.

성두는 가끔, 산이 너무 많아 그것이 불만스러웠다. 땅은 좁은데 산으로 인해 농토가 부족하고, 사람이 살아야 하는 공간이 부족하다는 생각에서였다.

그런데 광활한 대지를 토네이도가 휩쓴 것을 보면서 자신의 생각이 얼마나 잘못 되었는지가 깨달아진다.

산맥과 산줄기를 따라 산과 지형이 형성되고, 지형과 형성에 따른 자연의 역할이라는 것이 얼마나 위대한가를 깨닫는다.

"한국은 그만큼 지형적으로 조화가 완벽한 곳이죠."

역시 성두의 심중을 꿰뚫은 남자가 덧붙이고 나선다.

쑥대밭이 돼버린 거대한 아칸소 주와 오클라호마 주 위를 벗어난 마차가 이번에는 불길이 타오르는 하늘 위를 날은다.

산불. 검붉은 연기와 불길이 치솟는 거대한 불길. 그런데 거대한 불을 끄려는 모습이 전혀 보이지 않는다. 산이 다 타버리도록 내버려두는 건가.

"이곳은 캘리포니아로서, 지형이 방대하고 험준해서 접근하기가 어렵죠."

'저러다가는······.'

어이없어하는 순간 마차는 아수라장 위를 나른다.

"이곳은 터키가 되겠습니다."

"그런데 뭔 난리래요?"

"탄광 메몰 입니다. 300여의 광부가 매몰됐고요. 그런데 총리의 부적절한 발언으로 데모가 일어났네요."

"에구! 국민들 속을 뒤집어놓은 거죠."

정치인은 어느 나라든 똑같은 모양이다. 국민 위에 군림하려는 행태들이.

"이곳은 아프카니스탄입니다."

그래! 텔레비전에서 많이 보던 지형들. 여긴 산이 폭삭 무너진 모습이다. 울부짖는 사람들, 산사태인가? 포크레인으로 흙을 파내고, 삽으로 파내고, 끔찍한 상황이다.

"마을이 매몰됐어요. 사람도 2,000명 이상 묻혔고요."

'그렇게나 많이?'

저 또한 자연섭리가?

"이곳은 우크라이나입니다."

그 사이에 또 다른 상공으로 들어선다.

탱크, 장갑차, 대포 등 군사용 무기들이 포진되어 있고, 두 패로 나뉜 사람들이 극렬하게 대처하고 있는 모습이다.

"친 러, 반 러 간의 대립이에요. 우크라이나가 러시아로부터 독립은 했지만, 우크라이나 내에 러시아계 사람들이 러시아와 합병하자는 항의 시위가 벌어진 거죠."

"러시아계 사람들은 러시아로 보내버리면 될 거 아니에요,"

"그게 아니고, 러시아와 합병하자는 것이니 복잡한 거죠."

"세상이 왜 이리 복잡하게 돌아간다는 것인지……."

우크라이나 사태로 심정이 복잡해져 있는 사이에 이라크 상공으로 들어선다.

이곳 또한 사태가 심상치가 않다.

"테러로 폭탄이 터져 있군요."

툭 하면 테러야. 한번 터질 때마다 몇 십 명, 몇 백 명이 죽어 나가는 이라크 사태. 이러다가는 인종 씨가 사라지고 말지 않겠나.

성두도 일상사로 벌어지는 이라크의 테러에 대해 연희와 같은 생각을 했었다. 종교가 같으면서도 파가 다르다는 이유로 죽고 죽이는 사태를 벌이다니, 그 해결점을 찾지 못하고 있다니……. 욕망 때문이겠지.

"이곳은 방글라데시입니다."

"이곳도 배가 침몰되었어요?"

연희가 아래를 내려다보며 묻는다.

"그래요. 정원을 초과한 배가 폭풍에 휘말린 거죠."

연희의 질문에 남자가 설명해준다.

"이곳은 베트남입니다."

"폭동이에요?"

"중국인들이 기업과 공장을 습격했군요. 중국이 베트남 해상을 차지하면서 벌어진 일이죠."

성두와 연희는 너무나 처참한 모습에 한숨이 터져 나온다.

"여기는 베트남입니다."

처참한 지경에 가슴아파하는 사이에 마차가 베트남 하늘로 이동한다.

이곳은 또 어찌하여 폭동이 벌어져 있다는 건가.

"중국인들 기업과 공장을 습격했군요. 중국이 베트남 해상을 차지하면서 벌어진 일이에요. 중국으로 오해 받은 한국인 기업들도 당하고 있고요."

"……!"

성두와 연희는 한국인 기업이 당한다는 것에 화가 치솟는다.

이번에는 비상사태가 벌어진 듯 한 상공으로 들어선다.

"호주에요. 자살 사건이 벌어져 있네요. 전국적인 현상이죠."

자살, 우리나라가 1위라는 방송을 들은 일이 있다. 그런데 호주가 자살로 난리가 났다?

"자살이 무슨 자랑이라고 유행처럼 번진다는 것인가."

"여기는 중국 내 위구르에요."

자살 문제를 생각하고 있는 사이에 테러사태가 벌어진 중국 위구르 상공으로 들어선다.

독립을 선포하기 위한 위구르인들의 테러. 무장한 중국 군인들이 위구르인들을 마구잡이로 끌고 가는 장면이다.

성두는 이따금씩 보도되는 중국 위구르 사태를 보면서 궁금한 게 많았다.

위구르인과 중국인은 외모 뿐 아니라 혈통에서도 다르다. 그런 위구르를 자신의 나라로 편입시켜버린 중국. 중국은 위구르를 무력으로 침공해버렸을 것이다. 인종이 다른 나라를 무력으로 침공해버린 이 사태가 국제법상으로 문제가 되지 않는다? 그렇다면 UN의 역할이 무엇이라는 것인지…… 통탄스럽지 않을 수가 없다.

"공산화가 돼버린 중국이 거대 대국이 되놔서 쉽지가 않은 거죠."

'그러니…… 피해를 당할 수밖에 없는 거겠지.'

"선천은 약육강식이니까요. 개벽이 아니고는 해결방안이 없는 거요."

"……!"

"이제는 가깝고도 먼 나라 일본입니다."

성두가 참담해 있는 사이에 일본 상공으로 들어선다.

"그런데 웬 시위예요?"

"위안부가 거짓이라며 부정하는 시위예요."

"부정한다고? 어처구니가 없네요."

일본의 수상이라는 자가 전 세계가 다 아는 위안부 문제를 공개적으로 부정하다니, 뻔뻔한 작태 아닌가. 수상이라는 자가 저러니, 양심도, 죄의식도 없는 파렴치한 자들 같으니라고. 인간이기를 포기한 자들. 개벽이 오는 그날의 그 순간까지 저 짓거리로 파멸돼버리고 말 존재들. 탄식이 절로 나온다.

"이제 대한한국, 상공입니다."

어딜 보나 정겨운데 왜 저리 침통하지?

"애도중이라서요."

"무슨 애도요?"

"내려오기 전에 11대조 할아버지께서 여객선에 대해 주고받지 않으셨습니까."

"듣긴 했어도……. 무슨 여객선이죠?"

"학생들과 일반인들이 탑승한 여객선이에요."

"그럼 구조는?"

"300명이 넘게 수장됐답니다."

"세상에……!"

"영혼들은 모두 하늘로 불러올리셨다고 하지 않았습니까. 하늘에서 위로 받으며 편안히 잘 지내고들 있답니다."

"그럼 불행 중 다행이네요. 그런데 가족들이나 사람들은 그걸 몰라 애통해하고 있잖아요."

"잘 있으니 걱정 말라고 안심시켜주면 좋을 것인데……."

"알려준다고 믿겠습니까?"

"그렇더라도……."

지구가 문제없는 곳이 한군데도 없네? 평화로운 곳이라고는 없이 온통 사건사고로 처참한 지경들이야. 이다지도 처참한 지구가 하늘나라보다 더 좋은 곳이 된다고?

"그렇더라도 그렇게 됩니다. 지금까지 본 건 일부에 지나지 않고, 그 밖에 보지 않은 곳이 더 많은데요, 지금은 분열의 극치이지요. 분열의 극치는 개벽이라는 상황을 거치고서야 거듭나게 되는 것이고, 그 상황이 종결되어야만 대한민국이 1등 국가로 우뚝 서게 됩니다."

"……."

그제야 성두와 연희는 초립동이 임무라는 것이 현실적으로 다가오면서 각성을 하게 된다.

"그래요. 명심하세요."

앞에 남자까지도 성두의 의중을 읽는다?

귀환

"이제는 돌아가셔야 됩니다."

돌아가시라? 이게 뭔 소리야? 설마……!

"무슨 생각이 그래요? 부모님이 계신 집으로 돌아가시라는 건데요……."

성두의 의중을 들여다본 남자가 화들짝 놀라워한다.

"죽으면 하늘로 가잖아요. 그런데 그게 그렇게 놀랄 일인가요? 조상님들도 만나보셨잖아요."

"그렇더라도 죽는다는 건……."

스스로가 생각해도 멋쩍어서 성두는 그만 얼굴이 붉어지고 만다.

"부모님한테로 돌아가니 좋은 거 아니에요? 기쁜 거 아닌가요?"

"놀리기에요?"

성두가 멋쩍게 반문한다.

"놀리기는?"

잠자코 있던 연희가 처음으로 남자를 역성들며 성두를 나무란다.

"괜찮습니다."

그러자 남자가 머쓱해한다.

"이제 다 왔습니다. 운동장이에요."

그때다. 남자의 말에 아래를 내려다본다.

"이게 얼마만이야?"

연희가 화들짝 반가워한다.

"운동장에 아무도 없는 것이 수업시간인가 보네?"

"그런가봐."

"자 이제 내려앉습니다."

"운동장 한가운데로요? 학생들 눈에 띌 텐데요?"

마차가 운동장 가운데로 내려앉는 것에 성두가 외마디를 내

지른다.

"걱정 마세요. 사람들 눈엔 우리가 보이지 않아요."

"안 보인다고요? 어떻게 그럴 수가 있어요?"

"조화죠. 사람이든 동물이든 현재 우리는 누구의 눈에도 띄지 않아요. 그러니 염려 말고 내리세요."

그런가…… 성두와 연희가 아리송해하며 마차에서 내린다.

"저희는 여기까지입니다."

성두와 연희가 내리자 곧장 남자와 마차가 하늘로 솟았는지 땅으로 꺼졌는지 흔적 없이 사라져버린다. 눈 깜짝할 사이이다.

"우리가 지금 꿈을 꾸었나?"

"그러게……."

성두와 연희는 흔적 없이 사라져버린 말과 마차와 남자들을 생각하며 어처구니가 없어 하늘만 우러른다.

"어쨌거나 이러고 있을 때가 아니지. 애들 눈에 띄기 전에 이곳에서 벗어나야지."

"사람들 눈에 우리가 안 보인다고 했잖아."

"이제는 아닐 걸.!"

연희는 여전히 사람들 눈에 안 보일 것이라 생각하고, 성두는 말과 남자가 사라지면서 기운이 걷어졌을 것이라 생각한 것이다.

"글쎄?"

연희는 머리를 갸웃하며 미덥지 않아한다.

"그렇겠지. 그건 그렇고 집으로 가는 일이 걱정스럽기만 하다. 야단맞을 일이……."

"각오해야지 뭐. 이거 드리면 좋아하시지 않을까?"

연희가 하늘의 나무에서 받은 한복 보따리를 들어 보인다.

"글쎄…… 우리가 없어진 게 한 달이나 되었다고 하니…… 도리 있어? 맞닥뜨리는 수밖에. 어쨌든 잘 가고 말씀 잘 드려."

성두와 연희는 헤어져 각자 집으로 돌아간다.

성두는 참으로 오랜만에 자신의 아파트 문 앞에 서게 된다. 감개가 무량하면서도 가슴이 콩닥거린다. 선뜻 나서지를 못해 한참이나 마음을 쓸어내리고서야 벨을 누른다. 그런데 문이 열리지 않는다. 응답도 없다. 무슨 일 있나. 걱정스러운 마음으로 다시금 누른다. 그러자 모니터로 아들임을 확인한 어머니가 현관문을 열면서 모습을 드러낸다. 미안한 마음에서 살펴보는데 어머니의 몸 상태가 좋아 보이지 않는다.

"녀석아! 어떻게 된 거야! 어딜 갔다 이제 와?"

어머니는 보자마자 몸을 제대로 가누지 못하면서 소리를 질러댄다. 그러면서도 성두의 이모저모를 살펴보는 눈길이다.

"들어가서 말씀 드릴게요."

성두가 어머니를 붙들어서 안으로 들어간다.

"어디 편찮으세요?"

어머니를 소파에 앉히면서 조심스럽게 물어본다.

"이 녀석아! 너 때문이잖아."

"죄송해요."

"뭐가 죄송한데? 이걸 봐!"

성두 어머니가 자신이 바위 위에 벗어놓고 갔던 양말과 핸드폰을 내놓는다.

"이것 때문에 애간장이 녹은 걸 생각하면…… 이것아 한 달이다 한 달!"

성두 어머니가 기막혀하며 한숨을 토해낸다.

"내가 여태까지 어떻게 살아냈는지를 모르겠다. 도대체 어딜 갔던 건데?"

"……"

성두는 어머니의 닦달에 도무지 할 말이 없다.

"왜 말을 못해!"

"……"

차마 말을 못하고 절절 매는데 어머니가 다그쳐댄다.

"하늘에요."

어머니의 다그침에 하는 수없이 털어놓는다.

"하늘이라고? 뭔 하늘! 애가 무슨 헛소리를 하는지 모르겠네? 하늘이 아무나 가는 곳이야? 죽어야만 가는 곳 아니냐고? 그런데 거길 갔다고?"

어머니가 경악해한다.

"말이 되는 소리라야 말이지."

"정말이에요."

"좋다. 그럼 어느 하늘?"

"여기저기요."

"허 허 돌았어, 돌았어."

어머니는 어이가 없는지 헛웃음까지 쳐댄다.

"됐다, 됐어. 건강하게 돌아왔으면 됐지. 그것으로 된 거지 뭐."

성두 어머니는 손사래를 치면서 안방으로 들어가 버린다.

성두는 어머니가 그렇게 나오는 것에 안절부절 어찌해야할 바를 모른다. 그러다 순간 하늘에서 가져온 어머니의 한복에 생각이 미친다.

그제야 하늘에서 가져온 선물꾸러미를 푼다. 자신의 초립과 바지저고리에 조끼와 어머니의 한복이 들어있다. 성두는 선물꾸러미에서 어머니의 한복을 꺼낸다. 옷과 신발을 보는 순간 하늘에서의 일이 떠올라 목이 멘다.

성두가 어머니의 한복을 두 손으로 받쳐 들고 안방으로 들어간다.

"어머니, 이거……."

누워 있는 어머니에게 한복을 내려놓는다. 그러나 어머니는 시큰둥해하며 눈도 떠보지 않는다.

"하늘에서 가져온 한복이에요."

하늘에서 가져온 한복? 아닌 밤중에 무슨 홍두깨냐는 듯이 어머니가 화들짝 놀라워하며 벌떡 일어난다.

그리고는 멈칫 바라본다. 한참을 그렇게 바라보던 어머니가 한복을 펼쳐든다. 순간 어머니의 두 눈이 휘둥그레지면서 옷을 살펴나간다.

"도대체 뭐야?"

어머니도 꿰맨 자국이 없는 옷이 이상해 보이는 모양이다.

"어떻게 이런 옷이……? 누구한테서 받아온 거야?"

"하늘의 나무에서요."

"허허. 또 헛소리냐? 에고……."

어머니는 한심스러워하며 아예 낙심을 해버린다.

"안 되겠다."

자리를 털고 일어난 어머니가 어떤 결심을 했는지 성두 아버지, 소 선생님, 그리고 연희네 에게도 전화를 한다.

전화를 한 지 1시간 정도가 지나서다. 성두 아버지, 소 선생님이 들어 닥치고, 뒤이어 연희 부모와 연희도 들어 닥친다.
 "얘가 하늘을 갔다 왔다고 합니다. 말이 되는 소립니까? 억장이 무너집니다. 그러니 이 노릇을······."
 성두 어머니가 통탄을 금치 못해하며 소파에 털썩 주저앉아 버린다.
 "그렇습니다. 이 아이도······."
 "그러니······."
 연희 어머니가 머리를 젓고, 성두 어머니는 긴 한숨을 토해낸다.
 "이걸 보세요. 하늘에서 가져왔다고 하는데요."
 성두 어머니가 안방으로 들어가 아들에게서 받은 한복을 가져다가 펼쳐놓는다.
 "저의 아이가 가져온 것도······ 똑같네요."
 "그런데 이상한 건······ 이어붙이거나 꿰맨 자국이 없는 거예요. 한복은 이런 식으로 만들 수가 없는 것인데요."
 "그러게요. 저도 처음 봐요."
 성두 어머니가 꿰맨 자국이 없는 한복을 이리 저리 살피며 믿을 수 없어한다.
 "그뿐이 아니에요. 이 신발."

연희 어머니가 하늘의 나무에서 받은 꽃신을 내놓는다.

"너는?"

성두 어머니가 아들에게 묻는다.

그제야 성두는 하늘의 나무에서 받아 신고 다녔던 신발을 꺼내놓는다.

"이건 또 뭐야?"

꽃신을 집어든 성두 어머니가 이모저모를 살핀다.

"거 참……"

성두 어머니는 아무리 봐도 모르겠는지 더 살피기를 포기해 버리고 만다.

그러자 성두 아버지, 연희 아버지, 소 선생님까지 달려들어 한복과 신발을 살피면서 야단들이다.

"……"

성두 아버지가 심각해하고,

"……"

연희 아버지는 머리를 내두르고,

"……"

소 선생님은 심각해하며 묵묵부답이다.

"……"

성두와 연희도 불안하고 걱정스럽게 바라보고 있고, 성두 아버지, 연희 아버지, 소 선생님까지도 어이없어하며 우두커니 앉아 있는데 경찰이 들이닥친다.

"아이들이 돌아왔다면서요? 무사한가요?"

"예 무사하긴 한데요……."

"이상한 일이 한두 가지가 아닙니다."

"뭐가 이상하다는 겁니까?"

"이걸 보십시오."

성두 아버지가 한복을 들춰 보고 소 선생님은 꽃신을 들어 보인다.

"한복과 신발 아닙니까? 그런데 이게 왜요?"

경찰이 성두 아버지에게서 한복과 신발을 받아 이리저리 살핀다.

"이 한복은 하늘에서 가져왔다고 하는데 꿰맨 자국이 없고, 이 꽃신은 본 일이 없는 신발입니다."

"하늘에서 가져와요?"

"그렇다고 하니……."

"한복은 꿰맨 자국이 없다고 하는데 그게 무슨 문제가 되죠?"

경찰은 이해가 되지 않은 모양이다. 경찰은 한복이 어떻게 만들어지는 지를 도무지 모르는 모양이다.

"보세요."

그러자 연희 어머니가 한복치마를 펼쳐 보이면서 설명한다.

"꿰매지 않고는 만들 수 없는 옷이에요. 이 말기도 솔기도 그렇고 요. 이렇게는 만들 수가 없는 옷이에요."

"하늘에서 가져온 게 맞니?"

그러자 경찰이 웅크리고 서있는 성두와 연희에게 취조하듯 묻는다.

"예. 맞습니다."

"맞는다고? 허허……."

경찰이 어이가 없다는 듯 헛웃음을 친다.

"정말이니?"

"……."

다시금 묻는 경찰에게 성두와 연희는 꿀 먹은 벙어리가 되어 머리만 끄덕인다.

"애들이 이렇다니까요. 경찰 아저씨들이 저희를 찾느라 얼마나 많이 애를 쓰고 고생들을 하셨는데. 그뿐이야? 우리는 그만두고라도 학생들, 선생님들이 한 달 간 어떻게들 하셨냐고. 그 생각만 하면 어휴……."

성두 어머니가 억장이 무너지는 듯 한숨을 토해낸다.

"하늘엘 갔다 왔다……?"

경찰은, 이 일을 어떻게 받아들여야할 지, 난감하다는 표정이다.

"그러니……."

소 선생님도 황당무계해하며 말을 잇지 못한다.

"어쩌겠습니까. 이왕 이렇게 되었는데. 그렇다면……. 경위는 차차 들어보도록 하고 지금은 휴식을 취하게 해주는 게 좋겠습니다. 한 달이나 되지 않았습니까. 무슨 일이 있었는지는 모르지만 저 아이들도 지쳐있을 것입니다. 쉬고 싶을 겁니다. 그러니 지금으로선 쉬게 해주는 게 좋지 않을까. 그러니……."

"그렇게 하도록 하지요."

"그러십시다."

성두와 연희 부모도 경찰의 의견에 따르기로 한다.

"그럼 저는 일이 이만 가보겠습니다. 무슨 일 있으면 연락 주시고요."

성두 어머니는 행방불명에 대해서는 입도 뻥긋 안 하면서 아들을 지극정성으로 살피고 챙겨왔다.

일주일의 휴식 기간 동안 다행히 엉뚱한 소리 한 것 말고는 몸과 마음에는 전혀 이상이 없어보였다. 그렇다면 아이들 문제를 언제까지 이대로 방관하고만 있을 것인가. 연희 부모도 연희의 상태는 정상이지만 하늘을 갔다고 하는 문제에 대해서는 어찌해야할 지, 고민이 많다는 것이다.

성두와 연희의 휴식기간 일주일이 지나고 나서 네 가족, 소 선생님과 경찰이 한 자리에 모이게 되었다.

"하늘을 갔다 왔다고 하는 말은 변함이 없습니다. 거기다 한복에 꽃신까지……. 하늘에서 입고 다녔다는 옷도 여간 수상한 게 아니고요. 부정할 수도 인정할 수도 여간 난감한 일이 아니에요."

"그르게나 말이에요. 확실하게 밝혀져야 될 일인데."

연희 어머니의 얼굴도 근심으로 가득하다.

"그러시다면……. 이렇게 해보는 것이 어떻겠습니까."

경찰이 한 가지 제안을 내놓는다. 아이들과 자연스럽게 얘기를 나누어 보자는 것이다. 다 털어놓도록 해보자는 것이다.

"좋은 방법입니다. 어떻겠어요?"

성두 아버지가 경찰의 의견에 동의하면서 연희 부모에게도 의견을 묻는다.

"지금으로선 방법이 없으니……."

연희 아버지도 동의하게 된다.

그렇게 해서 날을 잡은 소 선생님과 경찰이 성두와 연희를 데리고 뱀사골 초입에 있는 카페로 간다. 아이들과 허심탄회하게 얘기를 나눌 수 있는 유원지를 택한 것이다.

"이곳 뱀사골은 와봤지?"

"한두 번 와봤겠습니까 애들이. 그렇지?"

소 선생님의 말에 성두와 연희는 배시시 웃기만 한다.

"그랬겠죠. 어때 경치 좋지?"

경찰이 흘러가는 뱀사골 골짜기의 물줄기를 바라보며 말을 건넨다.

"예. 단체로요."

성두와 연희가 이구동성으로 대답한다. 뱀사골이라면 학교에서 단체로 많이 와본 유원지가 아닌가.

"뱀사골 하면 전국에서 유명한 유원지에 속하지."

"이만한 경치도 없지요."

"광한루와 쌍벽을 이룬 유원지에 속하는 것이죠."

"그렇고말고요."

소 선생님과 경찰이 성두와 연희의 마음을 자연스럽게 풀어주려는 듯 소탈하게 주고받는다.

"그럼 지금부터 우리는 듣기만 할 테니 하늘에서 있었던 일을 있는 그대로 털어놔 보거라. 부모님처럼 화내거나 나무라지도 않을 것이니."

소 선생님이 성두와 연희를 편안하게 바라보며 말한다.

"그래, 부모님 앞에서 못했던 말 다 털어놓는 거야. 얼마나 답답했겠니. 말하면 그게 말이 되냐며 믿지도 않으면서 야단만 맞았을 것이고. 그러니 오늘 이 자리에서 후련하게 털어놔 보는 거다 알겠지?"

경찰이 성두와 연희를 설득시킨다.

"저희가 오히려 바라는 바예요."

"그래?"

연희의 말에 소 선생님이 화들짝 반가워한다.

"그럼 됐다."

성두와 연희는 자신들도 알 수 없는 하늘에 올라갔던 일과, 하늘에서 있었던 일들과, 돌아오게 된 과정들을 모두 다 털어놓는다.

"그래 수고했다."

소 선생님이 이야기의 진위 여부를 따지지 않고 성두와 연희를 다독이며 위로해준다.

"다 털어놔 줘서 고맙다."

경찰도 위로의 말을 해준다.

소 선생님과 경찰은 성두와 연희에게 저녁을 사 먹이고 나서 집에다 데려다준다.

하지만 성두와 연희의 말은 현실에서는 절대로 일어날 수 없는 것이기에 소 선생님과 경찰의 고민이 여기에 있는 것이다.

"이 문제를 선생님은 어떻게 생각하시는지요."

"그러시는 경찰관님께서는 요?"

"듣고 보니 참 심각합니다."

"그러니 이 노릇을 어찌해야 한답니까."

"그러게 말입니다."

고민에 고민을 거듭하던 소 선생님과 경찰은 급기야 정신과 상담을 받아보는 게 좋겠다는 쪽으로 결론이 내려지지만…….

"양 가 부모님과 상의를 해봐야죠."

장고 끝에 부모님들과 정신과 상담을 받아보는 게 어떻겠느냐, 그리하여 정신과 상담을 받아보는 쪽으로 의견이 모아진다.

정신과 상담을 받게 된다. 하지만 여러 가지로 상담을 받아보지만 문제가 없다는 진단이 내려졌다. 그러나 성두와 연희가 정신과 상담을 받았다는 것에 이상한 쪽으로 소문이 일파만파 퍼져나갔다.

이상한 소문에 휘말리게 된 성두가 이러다가는 자신과 연희가 정말로 정신 이상자가 돼버리고 말 것만 같다. 그렇게 되면…… 자신들에게 주어졌다는 임무수행을 할 수가 없게 된다. 그리하여 위기감에서 결단을 내리지 않을 수가 없게 된다.

"이게 뭐냐?"

성두가 하늘에서 받은 USB를 소 선생님께 드린다.

"하늘에서 받은 USB에요."

"하늘에서 받은 USB?"

아닌 밤중에 홍두깨도 유분수지. 정신과에서도 이상이 없다는 성두가 하늘에서 받았다며 USB를 내민 것에 소 선생님이 소스라치게 놀라워한다.

"이 안에 뭐가 들어있는 것이냐?"

"하늘에서 지낸 저희들의 행적이래요."

"하늘에서 보낸 행적?"

"그렇대요."

"보았느냐"

"아뇨. 저희도 몰라요."

도무지…… 소 선생님은 의미심장하게 USB를 건네받는다.

소 선생님은 건네받은 USB를 집으로 들어서기가 무섭게 컴퓨터에 끼워 넣고 검색을 해나가기 시작한다. USB의 영상을 살펴나가는 소 선생님은 이게 영화인가. 다큐인가. 듣도 보도 못한 영상 속 세상, 세상에는 없는 우주1년, 하도, 낙서, 바둑, 식사, 마고, 거기다 하늘이라고 하는데 아름다운 풍경이라든가,

동물들이라든가 거기다 나무들과, 동물들과의 대화까지……. 놀라움을 금할 수가 없는 것이다.

성두와 연희의 생생한 행적을 보면서도 도대체가 이것이 무엇이냐. 인정해야하냐, 말아야 하느냐의 혼란에 빠져들어 버리고 만다. 이 일을 어찌해야 하나. USB의 내용을 덮어버린다면 성두와 연희는 정신 이상자, 미친 사람이 돼버리고 말 것이다. 그리 되면 두 아이의 인생은……. 끔찍한 노릇이 아닐 수가 없다. 그렇다면…….

소 선생님은 두 아이들의 장래를 선택한다. 정신과 진단에서 이상 없음이 밝혀졌지만, 하늘에 있었던 일을 밝히지 않는다면 성두와 연희의 장래는 영영 끝장나 버릴 것이다.

그리하여 소 선생님은 성두와 연희의 부모님에게도 USB를 확인시켜 주기로 한다. 그리하여 양 가 부모에게 USB를 틀어준다.

USB의 내용을 두 눈으로 확인하게 된 양가 부모가 비로소 아이들을 인정하지 않을 수가 없게 된다.

"그 동안 믿어주지 않아서 미안하게 됐구나."

"그래 고생 많았다."

성두 어머니와 연희 어머니가 아들과 딸의 등을 토닥이며 안쓰러워한다.

"믿어야지. 장하다 장해."

성두 아버지도 성두를 살며시 안아주며 대견해한다.

그제야 비로소 두 어머니가 화기애애하게 하늘에서 가져온 한복을 입어본다. 진달래색 한복이 잠자리 날개처럼 가볍고 예쁘다. 쌍둥이 자매 같다.

"이제 모든 의문이 풀렸으니 이 USB를 현장학습 갔던 학생들에게 먼저 보여주었으면 하는데 요······."

소 선생님이 조심스럽게 의견을 내놓는다.

"그래야죠. 소문을 잠재우려면. 그렇게 하십시다."

"그래요. 해악을 끼칠 내용도 아니잖아요. 또 상당한 이치가 들어 있잖아요. 공개해도 사회에 해가 되진 않을 겁니다."

"그렇죠. 아이들에게도 상당한 상상력을 키워주는데 도움이 될 거 같아요."

"저도 그렇게 생각합니다. 그럼 시간 끌 것 없이 당장 서두릅시다."

그리하여 소 선생님은 현장학습을 갔던 학생들에게 먼저 USB를 전격 공개하게 된다. 그런데 USB를 본 학생들의 반응은 가히 폭발적이었다. USB를 본 학생들이 입에서 입으로 내용이 전해지면서 우주1년, 하도, 낙서, 마고가 남원 일대를 떠들썩하게 만들고 만다. 급기야는 우주1년, 하도낙서, 마고를 유행가처럼 부르며 다니는 판국이 되고 마니…….

USB를 본 교장선생님까지도 성두와 연희에게 학생들과의 만남을 주선하고 나선다.

"할 수 있겠니?"

성두 어머니는 누구보다도 아들의 행적이 밝혀짐으로 해서 마음이 이다지 후련할 수가 없다. 그렇기는 하지만 학생들과의 만남에서 아들이 잘 해낼 수가 있을 것인지 그것이 걱정스러운 것이다.

"하늘에서도 했었는걸요 뭘. 걱정 마세요."

성두는 짐짓 자신감을 보인다.

"그래? 그렇다면 안심이고. 그럼 잘 하고 와."

"네, 다녀올게요."

어머니는 아들에게 웃어 보이며 등을 토닥여준다.

다행히 학교가 가까워 등교 때처럼 걸어서 도착한다. 연희도 벌써 도착해 있다. 텅 빈 운동장을 가로질러 학교 건물로 들어선다.

"어서들 오너라."

소 선생님이 성두와 연희를 맞아준다.

"걱정돼요."

"하늘에서도 잘하던데 뭘. 그리고 친구들이 보았으니 설명할 필요는 없다. 그러니 안심해도 된다."

"보여줬다고요?"

"그래. 보여줬지."

"휴~~ 다행이네요. 감사해요 선생님."

"그래."

성두와 연희의 표정이 밝아진다.

성두와 연희가 소 선생님을 따라서 4층 강당으로 들어선다. 그러자 성두와 연희를 반기는 박수갈채로 강당이 떠나갈 듯하다.

성두와 연희는 전쟁터로 들어서는 장수와 같은 심정으로 단상 가운데로 다가간다. 선생님들로부터도 박수갈채가 터져 나오고, 강단은 그야말로 함성의 도가니다.

그때 소 선생님이 나서서 손짓으로 함성을 누른다.

성두는 피할 수 있으면 당장 이곳에서 나가버리고만 싶은 심정이 되고 만다.

"자 자, 지금부터 입은 닫고 눈만 크게 뜨면 돼요. 입을 벌리면 이 일은 이내 중단시켜버릴 것이에요. 알겠어요?"

"예~~!!!"

학생들로부터 함성이 터져 나온다.

"약속할 수 있어요?"

"예~~!!!"

"이 영상 지난번에 보았지요? 다시 보여드리는 것이니까 조용히 시청하면 돼요. 알았지요?"

"예~~!!!"

다시금 함성이 터져 나온다.

"자 그럼."

단상에는 이미 상영화면이 펼쳐져 있고, USB만 끼워 넣고 조정하기만 하면 되는 일이다. 설명도 필요 없다.

강단은 숨죽인 듯 고요하고, 소 선생님은 이미 켜진 컴퓨터에 USB를 끼워 넣는다.

그러자 하늘에서 있었던 성두와 연희의 행적들이 영화의 장면처럼 생생하게 되살아 움직인다. 두 번째 보고 있음에도 학생들은 놀라움과 감동에 젖은 눈빛들이다.

화면이 끝나자 학생들은 성두와 연희에게 우레와 같은 박수갈채를 보낸다.

"잘 보았지요?"

"예~~ 너무너무 좋아요!"

소 선생님의 질문에 다시금 함성이 터져 나온다.

"신기해요~~~."

"부러워요."

"우리도 가보고 싶어요."

"궁금해요."

저마다 한마디씩 해댄다.

"뭐가 궁금하죠?"

"많아요!"

"질문하고 싶습니다. 질문 받아주십시오!"

한 학생이 손을 들고 나서서 외친다.

그러자 소 선생님이 학생의 질문에 대해 교장선생님과 의견을 주고 받는다.

"그래요. 그럼 지금부터 질문을 받아보도록 하겠어요. 성두와 연희가 우리학교 학생이라서 특별히 기회를 드리는 것이니까 영광스럽게 생각하고 질서를 지키도록 하세요. 알겠어요?"

"네~~~!!!"

다시금 함성이 터져 나온다.

"그럼 질문을 받을 것인데 짧고 간단하게 하도록. 알겠어요?"

"예~~~!!!"

학생들은 강단이 터져나가랴 소리를 질러댄다.

"질문을 받을 것인데 중구난방으로 하게 되면 중복될 수가 있고, 시간도 많이 걸리게 돼요. 해서 학년마다 대표를 뽑아 한 가지씩만 질문을 받도록 하겠어요. 지금부터 한 학년에 한 사람만 질문할 수 있도록 대표를 뽑아보세요."

그러자 강단은 대표자를 뽑는 소리들로 와자지껄 소란스러워지고 만다.

"결정 됐습니까?"

잠시 시간을 준 소 선생님이 묻는다.

네~~ 아니요~~ 대답이 엇갈린다.

"그렇다면 결정이 된 학년부터 질문을 하고, 정해지지 않은 학년은 들으면서 정하도록 하세요."

"여기요!"

소 선생님 말씀이 끝나기가 무섭게 한 학생이 손을 들고 나선다.

"2학년 대표입니다."

"질문은?"

"하늘에도 식당이 있다는 게 신기하고, 또 음식 맛은 어땠는지가 궁금합니다."

"여기에 대해 누가 답하겠느냐."

"음식에 대한 거니까 제가 하겠습니다."

"좋아 그럼 답해 보도록."

연희가 나서자 소 선생님이 허락한다.

"너무 맛이 좋았습니다. 감칠맛도 좋았고요, 더욱이 친환경적이라서 음식이 깔끔했답니다."

"배도 불렀나요?"

"그럼요. 더 먹고 싶었는데 배가 불러서 못 먹었는걸요."

"우와~ 부럽다."

"자, 잠깐."

질문을 주고받자 소 선생님이 나선다.

"많은 질문을 받다가는 끝이 없을 거예요. 한 가지 질문만 받도록 하겠어요."

"에이~~!"

"그런 게 어디 있어요?"

소 선생님의 제안에 야유가 쏟아져 나온다.

"원래는 질문한다는 게 없었어요. 그런데 성두와 연희가 우리 학교 학생이기 때문에 특별히 허락해준 건데, 이렇게 되면 중단할 수밖에 없겠어요. 어떻게 하겠어요? 한 가지만 하던지 아예 없애버리던지 둘 중 하나 어떤 걸로 하겠어요?"

소 선생님의 이 말에 협박하는 것이냐며 야유가 쏟아져 나온다.

그때 한 학생이 나선다.

"1학년 대표입니다. 하늘을 올라갔는데 미리 약속이 되어 있어서 올라갔는지가 궁금합니다."

이번에는 성두에게 답하라며 소 선생님이 머리를 끄덕인다.

"아니요. 화면에서 보듯 느닷없이 올라가게 된 것입니다."

"우와~~~어떻게 그럴 수가 있지?"

"나도 그런 일이 있었으면 좋겠다."

"서당 골 그곳에 가면 올라갈 수 있지 않을까."

"그렇다면 가보자."

"진짜야 날 잡아서 가보자고."

"그래.

학생들이 저마다 한 마디씩 해댄다.

"조용조용."

그러자 한 학생이 손을 들고 나선다.

"3학년 대표입니다."

"질문은?"

"성두와 연희는 저희 반 학생입니다. 성두와 연희가 하도와 낙서를 공부했다는 사실은 처음 알게 된 일입니다. 그런데 배운 일도 없이 어떻게 하도와 낙서를 능숙하게 설명할 수 있었는지 그게 궁금합니다."

"이 문제에 대해 누가 답하겠어요?"

소 선생님이 성두와 연희를 번갈아본다.

"연희요."

성두가 연희를 가리킨다.

"그럼 답해 보세요."

그러자 연희가,

"그렇습니다. 공부한 일이 없고, 본적도 없었습니다. 그런데 아까 화면에서 보다시피 막대를 건네받은 순간 저절로 알게 되었습니다. 저로서도 놀라운 일이었습니다. 더 설명 드릴 말씀이 없습니다. 이상입니다."

"와~~ 어떻게 그럴 수가……!"

연희의 대답에 학생들 모두가 감탄사를 연발한다.

"그럼 다음."

"하늘에 그렇게 많은 조상님이 계신다는 게 궁금합니다. 정말로 그 분들이 조상님인지가 궁금합니다."

한 학생이 느닷없이 나서서 질문을 던진다.

"네, 조상님들 같았습니다."

이에 연희가 짧게 대답한다.

"야~ 그렇게나 많은 조상님들이……."

"우리 조상님들도 그렇게 많을까?"

"저는 선녀 화 꽃을 받았다는 게 궁금합니다. 지금도 몸속에 꽃이 들어있는지요?"

조상님 문제로 설왕설래하고 있는 사이에 여학생이 나서서 질문을 던진다.

이 돌발적인 상황에 연희가 소 선생님을 돌아보며 눈치를 살피지만 어이가 없는지 웃기만 하신다. 이에 연희가 마음을 가다듬는다.

"있습니다. 보통 때는 보이지 않지만 눈을 감고 조용히 있으면 보입니다."

"우와~~"

질문한 여학생은 너무 감격스러워하며 벌어진 입을 다물지를 못한다.

"이 꽃은 앞으로 모두가 받게 될 것이라고 합니다."

"모두가 받게 된다고요? 언제요?"

"그건 모릅니다. 언젠가는 그런 날이 올 것이라고 생각합니다."

"에이~~ 그런 게 어디 있어요?"

"그때까지 어떻게 기다려요~~~"

"자 자. 이상으로 마치겠어요."

그럼에도 학생들로부터 질문, 질문 복창이 터져 나오면서 너나없이 손을 흔들어댄다.

"그럼 한 번만 더 받겠어요."

소 선생님이 한 학생을 지목한다.

"2학년입니다. 저는 바위가 웃고 말을 하던데 바위하고 얘기도 나눠봤는지가 궁금합니다."

"나눠보지 못했습니다. 그럴 상황이 아니라서요."

"아쉽네."

질문한 학생이 못내 아쉬운 표정으로 자리에 앉는다.

"그럼 이상으로 마칩니다."

그런데,

"나한테도 질문 기회를 주겠습니까?"

교장선생님이 손을 들고 나선다. 그러자 소 선생님이,

"여러분 고장선생님께서 질문하시겠다고 하는데 기회를 드릴까요, 말까요?"

그러자,

"드려요!!! 드려요!!!"

합창을 하고 나선다.

"좋습니다. 그럼 하십시오."

소 선생님이 교장선생님께 기회를 드린다.

"나는 단종 임금님과 나눈 대화가 매우 흥미로웠어요. 실제로 보니 어땠어요?"

"잘 생기시고 매우 자상하셨어요."

"그래요. 지금 학생들은 잘 모를 일이지만 우리 때는 단종임금에 대한 역사공부를 많이 했어요. 그리고 단종 임금님께서 말씀하셨듯이 사극 영화도 많이 나왔고요. 세조가 단종의 임금 자리를 찬탈해버린 참 슬픈 일이었어요. 그래서 단종 임금이 불쌍해 보였고, 그 때문에 세조를 많이 미워하기도 했어요. 어쨌든 오늘의 영상은 참 좋았어요. 오늘 이 자리를 마련해준 성두와 연희 학생에게 감사해요. 이상이에요."

"교장선생님께도 감사의 박수를."

그러자 우레와 같은 박수가 터져 나온다.

"그럼 이상으로 마치면서 우리에게 좋은 시간을 마련해준 성두와 연희 학생에게도 감사의 박수를."

다시금 강당이 떠나갈 듯 박수가 터져 나온다.

성두와 연희의 학교 출연 이후 두 학생에 대한 소문은 불길처럼 번져나갔다. 거기다 USB에 들어있는 우주1년, 하도, 낙서, 마고는 노래가사가 되어버렸다. 남원시 일대가 우주1년과 하도 낙서 마고로 봇물이 이루어진 것이다.

"방송국에서 출연요청이 왔는데?"

"방송국요?"

"그렇다니까."

남원일대가 우주1년, 하도, 낙서, 마고로 봇물이 이루어진 가운데 이번에는 방송국에서까지 출연요청이 오게 된 것이다.

"방송국은 학교와 다르다. 전국으로 퍼져나가는 곳이야. 전국에다 대고 나팔을 불어대는 것이라고. 그러니 어떻게 할래? 해낼 수 있겠어?"

성두 어머니는 아들의 방송 출연이 좋기는 하지만, 잘못했다가는 망신을 당하게 된다. 그게 걱정스러운 것이다.

"잘못했다가는 전국적인 망신이야. 그래서 좀 미루었으면 좋겠는데…… 며칠간 준비를 해서 출연할 수 있도록 말이야."

"걱정 마세요."

하지만 성두는 미룰 일이 아이라고 생각한다.

믿는 구석이 있기 때문이다. 하늘에서 어떤 일이 있었던가. 생판 들어보지도 못한 하도를 능숙하게 설명해냈다. 태호복희 씨로부터 건네받은 막대 때문이었지만, 그때 설명했던 내용은 지금도 생생하다. 한마디도 빠트리지 않고 설명할 자신이 있다. 그 외의 질문도 얼마든지 대답할 자신이 있다. 연희도 그럴 것이다. 낙서를 능숙하게 설명해내지 않던가.

또 방심하고 있을 수가 없는 것이, 만나야 될 사람이 있다고 하지 않던가. 그 사람을 만나야 되고, 그럼으로써 초립동이 임무를 수행할 수가 있다는 것이니…….

성두는 방송국을 통해 만날 사람을 만날지도 모른다는 생각에 연희와 함께 출연 수락을 하게 된다. 초립동이 임무는 성두와 연희가 함께 받았고, 이루는 것도 같이 해야 하기 때문이다.

형경숙 장편소설
초대받은 아이들

인쇄 2024년 06월 10일
발행 2024년 06월 15일

지은이 형경숙
발행인 서정환
펴낸곳 신아출판사

주소 서울시 종로구 삼일대로 32길 36(익선동 30-6 운현신화타워) 305호
전화 (02) 3675-3885, 010-3231-4002
팩스 (063) 274-3131

이메일 sina321@hanmail.net
출판등록 제465-1984-000004호
인쇄·제본 신아문예사

저작권자 ⓒ 2024, 형경숙
이 책의 저작권은 저자에게 있습니다. 서면에 의한 저자의 허락없이 내용의 일부를
인용하거나 발췌하는 것을 금합니다.
COPYRIGHT ⓒ 2024, by Hyung KyungSook
All rights reserved including the right of reproduction in whole or in part in any form.
저자와 협의, 인지는 생략합니다.
잘못된 책은 바꿔 드립니다.

ISBN 979-11-93654-61-3 03810
값 15,000원

Printed in KOREA